RANC l'Ouvrage complet.　　　　　Collection "In Extenso"

AUGUSTE GERMAIN

LES MAQUILLÉS

Illustrations de DONILO.

LA RENAISSANCE DU LIVRE
78, Boulevard Saint-Michel — PARIS

LES MAQUILLÉS

Auguste Germain

Les Maquillés

Illustrations de Donilo

PARIS

LA RENAISSANCE DU LIVRE

78, BOULEVARD ST-MICHEL, 78

AUGUSTE GERMAIN

Des vingt romans et davantage qu'a publiés Auguste Germain, *les Maquillés* sont certainement le plus caractéristique. Il semble qu'y soit résumé tout le talent de l'auteur à la fois tendre et moqueur, d'une ironie toujours émue, d'une moquerie qui se hâte de rire de tout parce qu'elle craint d'en pleurer, de l'auteur de *Bichette*, de *Famille* et de *Fred*.

Auguste Germain commença, dès ses débuts, par s'attacher à ce petit monde si vivant, si joyeux et si sensible du faubourg Montmartre, le petit monde des « midinettes », comme on dit aujourd'hui, des jeunes filles du pavé parisien en quête d'un métier, d'un art, le nez au vent, les cheveux en bataille, la bouche toujours ouverte pour lancer la réplique, jeunes filles qui ne s'effarouchent pas d'un compliment, et savent y bravement céder, si elles aiment, mais surtout ne craignent pas la vie au-devant de laquelle elles vont intrépides et « avec le sourire ».

Christiane, *Bichette*, *la Valse parisienne* sont les différents témoignages de l'intérêt qu'Auguste Germain portait à ces enfants de Paris, au milieu desquels il vivait depuis le jour de son arrivée dans la ville, rue de Provence, entre le faubourg et la rue Drouot, jusqu'à sa mort faubourg Montmartre.

Le journalisme fit pour lui ce que la couture fait pour beaucoup de ses héroïnes. Celles-ci, de l'atelier, passent sur les planches. Auguste Germain les suivit tout naturellement lorsque les hasards du métier de journaliste l'aiguillèrent vers le théâtre. Tout de suite, y retrouvant ses vieilles amies, les charmantes « grisettes » de ses débuts, — car, au fond, ce sont des grisettes, les héroïnes de Germain qui serait le Murger de 1900 — Auguste Germain s'intéressa à leur carrière et s'amusa à les suivre dans leur ascension sociale. De là naquirent des œuvres bientôt célèbres, depuis *les Etoiles* jusqu'à cette dernière que nous publions : *les Maquillés*. De là naquit surtout un livre qui eut la fortune, rare pour un écrivain, de lancer un mot nouveau : *Théâtreuses*.

Auguste Germain était entré avec ses petites amies de jeunesse dans les coulisses des théâtres, surtout des petits théâtres, et il s'était ému de leurs misères, de leurs rêves détruits par la férocité de la vie, il s'était révolté — à sa manière qui était la cinglante moquerie. Si l'on veut se donner la peine de lire, en effet, à ce point de vue, l'œuvre d'Auguste Germain, on verra que rien n'est plus attendri et vengeur que son sentiment. Il se rappelle la délicieuse enfant, pleine de rêves et d'amour pudiques, qu'il rencontrait au coin de la rue Richer. Qu'est-elle aujourd'hui ! La proie du manager, du commanditaire, des passants... Oh ! elle rit toujours, elle est belle encore. Mais demain ? Et Auguste Germain s'empresse auprès d'elle, l'étourdissant de ses mots joyeux, la grisant d'un souper ou d'une course à la campagne pour qu'elle oublie l'amertume foncière de sa vie.

Nul mieux qu'Auguste Germain ne connaissait ce monde des théâtres secondaires, le plus purement « théâtre » d'ailleurs, les favoris du public ne pouvant offrir que des personnages, des riches bourgeois et non plus le débutant dans ses luttes et ses chutes. Un jour, avec *Premier prix du Conservatoire*, Auguste Germain prit l'étoile à son lever, et le grand succès récompensa un labeur aussi probe qu'infatigable.

Auguste Germain tiendra dans la littérature de la fin du xixe siècle une place que personne ne pourra lui disputer. Il y aura exploité son domaine propre, et les historiens de mœurs seront obligés de se reporter à son œuvre. On la trouvera dans les bibliographies de l'avenir, lorsque quelque Burckhardt écrira l'*Histoire de la civilisation française avant la guerre mondiale*. Personne ne pourra négliger *Bichette*, *Théâtreuses*, ni surtout *les Maquillés*, où l'un des éléments de la vie française est strictement et fidèlement décrit avec une amitié que la clairvoyance tempère heureusement. Auguste Germain restera le peintre le plus sûr et le plus fidèle d'une classe sociale. Son œuvre vivra.

ANDRÉ MAUREL.

LES MAQUILLÉS

— Mon courrier? demande M. Starckel.

— Voici, monsieur. Voici.

Dans la loge aux murs blancs, garnie de meubles blancs, une loge très « Louis-le-Quinzième », la concierge, une jeune femme souriante et coquette, sanglée dans une robe claire qui dessine exactement ses formes rebondies, s'empresse, court à un casier d'où elle retire un formidable paquet de lettres et de journaux qu'elle tend à M. Starckel.

Ce dernier prend le paquet ; puis, son nez fin et ses yeux de myope pointent d'abord vers les journaux. Il y en a de quotidiens et de périodiques, il y en a de Paris, de la province ou de l'étranger. Il en fait un tri, mettant de côté, précieusement, les imprimés de théâtre. Après quoi, il décachette son courrier, qu'il commence de lire, posément.

— Bonsoir, monsieur Starckel !

Le concierge, aussi élégamment vêtu que sa femme, entre en saluant son locataire avec la gravité obséquieuse d'un maître d'hôtel.

M. Starckel interrompt sa lecture.

Ses narines ont un petit frémissement, ses yeux fixent le concierge par-dessus les verres du binocle ; et tout en tirant machinalement le revers de son pardessus qu'il a toujours l'air d'avoir enfilé à la hâte, il lance d'un ton sec, qui contraste avec ses gestes effacés et son air timide :

— Monsieur, si vous me voyez en train de décacheter, ce soir, mon courrier dans votre loge, c'est parce que je veux en prendre connaissance plus vite.

— Je vous comprends, dit le concierge, en arrondissant l'échine.

— On est toujours pressé de savoir ce que contient une lettre... ajouta sa femme, avec un sourire éternellement épanoui sur ses lèvres rougies par le bâton de raisin.

— Non... Vous ne me comprenez pas.

Les deux gardiens de l'immeuble perdent de leurs grâces et de leurs sourires.

Si grand, si mince, si sec, avec ses yeux brillants et sa voix cassante, M. Starckel a l'air d'un monsieur qui enrage à froid.

— Auriez-vous donc quelque chose à nous reprocher?

— Parfaitement... Depuis huit jours que j'habite ici, jamais on ne m'a apporté mon courrier aux heures régulières...

— Oh ! monsieur Starckel !

— Il n'y a pas de M. Starckel... Je vous préviens une fois pour toutes... Car je n'ai pas l'habitude de me répéter... Si, par la suite, mon courrier n'est pas monté exactement, vous aurez de mes nouvelles.

Les époux concierges échangent des regards navrés. Pourquoi « Monsieur » ne les a-t-il pas prévenus plus tôt? Certes, la maison est vaste, elle contient plus de cent locataires et plus de deux cents domestiques. Mais, tout le monde est régulièrement servi, personne ne se plaint jamais.

— C'est la faute du garçon que nous employons... De Jean. C'est lui qui dessert votre corps de bâtiment. Ah ! si nous avions su !...

À cet instant, Jean apparaît. Une bonne tête d'Auvergnat, sur un corps trapu, qui se balance sur des jambes lourdes. Et qu'est-ce qu'il prend alors, l'Auvergnat !

Tels, des patrons gourmandant leur valet de chambre, les concierges, parlant ensemble, s'emportent en récriminations contre lui. Décidément, leur domestique n'est qu'un fainéant. Il se croit capable de tout et n'est bon à rien, même pas à porter des lettres. Ah ! que c'est dur maintenant de se faire servir !

Pendant que l'Auvergnat s'entend admonester ainsi, une petite de dix-huit ans, aux cheveux d'un blond ardent, aux yeux vert d'eau de mer, sinueuse comme une anguille, tapageusement vêtue et costumée, est entrée dans la loge. En voyant la tête ahurie de Jean, dont les yeux virent, ainsi que des billes dans un tourniquet, elle se met à pouffer, et avec une pointe d'accent qui décèle une origine marseillaise :

— Ah ! le povre ! Qu'est-ce qu'il a donc fait pour qu'on lui lave ainsi la tête? Il a l'air tout drrrolle !

Et, avec un aplomb et une familiarité où son méridionalisme se donne maintenant libre cours :

— Té ! Jean ! On écope, hein, mon vieux ? Bah ! Ne vous faites donc pas de tracas... Tous les patrons sont les mêmes... Ils ne sont jamais contents... Ainsi, moi, je viens d'avoir une dispute avec mon régisseur... une de ces disputes !

Mais, tout à coup, elle s'arrête.

M. Starckel, qui lisait une lettre et qui, à cause de sa myopie, la tenait de telle sorte qu'elle lui cachait presque le visage, laisse voir maintenant son maigre visage.

En l'apercevant, la petite se met à rougir,

une légère confusion lui vient ; puis, comme M. Starckel la regarde de ses yeux perçants, elle ne sait plus, durant plusieurs secondes, quelle contenance avoir.

Mais, pfft ! on est de Marseille ou on n'en est pas. Sa rougeur se dissipe, sa confusion s'envole, son aplomb revient.

— Hé ! monsieur Starckel, je vous demande pardon... Mais, tout à l'heure, vous l'avez entendue, ma dispute avec le régisseur?

Puis, changeant d'accent pour prendre celui d'une jeune apache parisienne :

— Voyons... Qui qu'avait raison?... Était-ce moi? ou ce vieux fourneau?

M. Starckel semble se recroqueviller ; son dos s'arrondit, l'éclat de ses yeux s'atténue ; il a l'air d'une grande jeune fille effarouchée par la liberté des propos qu'on lui tient.

Il demande, craintif, avec la pointe menaçante de l'homme qui, si on ne lui répond pas bien tout de suite, va devenir agressif :

— Voulez-vous me rappeler l'endroit où je vous ai vue, mademoiselle?

— Ben ! tout à l'heure, au *Cocorico*... Vous savez... C'est moi qui, dans *En voulez-vous des marquises ?* l'opérette qu'on monte, fais la première dame d'honneur. Vous ne m'avez peut-être pas vue... Mais, je vous ai aperçu, moi... Vous étiez dans la salle avec ces MM. Tabarra, les directeurs...

— En effet... Si je ne me rappelle pas vous avoir vue, je me souviens de vous avoir entendue. Vous en faisiez un bruit !

— J'avais raison, monsieur, j'avais raison... Le régisseur me disait de me mettre au deuxième plan, quand l'auteur voulait me voir au premier... Est-ce que ce n'est pas toujours l'auteur qu'on doit écouter?

Comme M. Starckel ne répond pas, elle s'approche de lui, et avec une moue suppliante :

— Oh ! monsieur, vous qui êtes actionnaire du *Cocorico*...

Il se défend : Lui, actionnaire de ce music-hall? Allons donc ! Jamais il n'a mis un sou dans l'établissement.

— Enfin ! Vous êtes bien dans la maison... Ces Messieurs vous écoutent...

Il fait signe que non.

— Si... Si... Je sais... Eh bien ! protégez-moi... Dites-leur que je peux faire mieux que la première dame d'honneur... J'ai chanté déjà beaucoup en province... A Lyon, à Bordeaux, à Nice... J'ai eu mon nom, haut comme ça, sur des affiches !... Quand on me lancera à Paris, je serai quelqu'un.

Germaine Rioux.

Mais M. Starckel n'a pas l'air d'un homme décidé à lancer qui que ce soit. D'ailleurs, combien de fois n'a-t-il pas entendu la même antienne ! S'il lui avait fallu s'occuper de toutes les personnes qui lui ont demandé sa protection, ses journées, et même ses nuits, n'y auraient pas suffi.

Il tripote machinalement ses lettres et ses journaux, tandis que ses yeux qui fixent la gosse, restent, immobiles, derrière le binocle.

Ce que voyant, elle éclate de rire ; et redevenant Marseillaise :

— Je vous ennuie, hein, mon povre monsieur Starckel? Je suis indiscrète... beaucoup indiscrète... Enfin, je m'appelle Léo... J'habite ici au cinquième, avec maman... On est voisins. Je sais bien que, dans votre situation, on voit beaucoup de raseuses... Je ne veux pas que vous me rangiez dans cette catégorie... Je vous demande simplement si, à l'occasion, vous pouvez me rendre le service de parler de moi à ces Messieurs, d'être assez gentil pour le faire... Cela ne vous coûtera pas grand'chose, hein? Et je vous aurai de la reconnaissance... une reconnaissance dont vous ne vous doutez pas... Tout, monsieur Starckel, tout, je ferai tout pour vous...

A la fin, cette exubérance le touche. Il a un demi-sourire.

— Bon... nous verrons...

— Merci... M'sieu ! A la revoyure !...

Et elle disparaît, en cascadant.

Il met ses lettres et ses journaux dans sa poche. Mais, quand il se dirige vers la porte, une jeune femme de vingt-cinq ans, aux yeux vifs, dans un visage mobile, aux gestes nerveux, admirablement habillée et chapeautée, lui tend la main :

— Bonsoir, cher monsieur.

Il a son perpétuel geste de défiance, un retrait du corps involontaire. Mais le voici qui s'amadoue. Il a reconnu la jeune personne qui est devant lui :

— Ah ! mademoiselle Germaine Rioux... Vous sortez de la répétition?

— Oui... Et je suis bien fatiguée... Oh ! comme je suis fatiguée !

Elle prend les mines de la comédienne harassée.

Depuis deux heures de l'après-midi, elle répète au Grand-Théâtre la comédie dans laquelle elle doit débuter. Et, jouant avec l'étole de zibeline qui lui couvre les épaules et retombe sur la poitrine en deux larges pans, elle décrit ses fatigues. On a répété le deux. Et l'on a attaqué le trois.

Enfin, on a recommencé deux fois le premier acte.

Elle passe la main sur son front :

— J'ai une migraine !

— Pourquoi avez-vous voulu faire du théâtre ! Votre père a une grosse fortune... Vous pourriez vivre tranquille.

— Oh ! monsieur Starckel ! Comment? Vous? Vous parlez ainsi? Mais, la scène, c'est ma vie... S'il me fallait mener une existence bourgeoise, je mourrais.

Ses yeux noirs, aux longs cils recourbés, des yeux cernés qui lui envahissent le visage et brillent parfois comme des braises ardentes, s'éteignent tout à coup sous les paupières qui se baissent à demi. Son visage s'assombrit, elle porte une main à son cœur, comme si, à la seule pensée qu'elle pouvait mener une existence calme et réglée, l'Ange de la Mort passait devant elle.

Alors, Starckel s'amuse. Il pense : « Elle ne joue pas mal la comédie à la ville, l'enfant. Si elle est aussi adroite au théâtre, elle a des chances de succès. »

Mais, soudain, elle relève les paupières qui découvrent les orbes immenses des prunelles qui se font caressantes et lumineuses, et avec des alanguissements de chatte, serrant entre ses doigts allongés et fins, la main de M. Starckel, approchant tout près contre lui sa poitrine tumultueusement soulevée, elle demande :

— Oh ! voulez-vous nous faire le plaisir de venir prendre une tasse de thé, ce soir à la maison? Père aurait quelque chose à vous dire...

Et, comme elle pressent un refus :

— Il y aura une surprise... Vous serez le premier à apprendre une nouvelle qui, dès demain, fera le tour des journaux.

Il hésite. La perspective de prendre une tasse de thé n'est pas de celles qui l'enchantent. Et puis, il sent bien que là, encore, on va lui demander aide et protection.

Elle devine ce qui se passe en lui. Elle se fait de plus en plus câline et pressante, sa main serre plus nerveusement les doigts de Starckel, sa poitrine touche la sienne. Et, par ses yeux immenses qui ardent, elle essaye le « coup de fascination ».

— Si... si... Venez... Je vous dis que vous apprendrez une nouvelle étonnante... Et, à part père ou mère, vous serez le premier, je le répète, à la connaître. Je vous autorise même à raconter ce soir, au Club de la Musique et des Arts, ce que vous aurez entendu... Les journaux n'auront encore rien dit... Vous en étonnerez, du monde !

Ce n'est pas « le coup de la fascination » qui décide Starckel à répondre oui. On le lui a fait quelquefois dans l'existence ; et ce genre de sport ne l'émeut guère. Ce n'est pas non plus « le coup de la nouvelle » qui le tente ; mais il a des raisons pour entretenir de bonnes relations avec M. Rioux.

— Entendu... J'irai... Mais y aura-t-il beaucoup de monde?

— Non... Nous serons entre nous.

— Vous me permettrez de me retirer de bonne heure?

— Vous vous en irez quand vous le voudrez.

Elle presse une dernière fois les mains de M. Starckel, en guise de remerciement ; elle se retourne, appareillant pour le départ, quand elle se trouve nez à nez avec une grande fille blonde qui, un rouleau de musique sous le bras, avec ses yeux naïfs, ses cheveux bien tirés sur les tempes, une longue pèlerine tombant sur une jupe noire, ressemble à une échappée de couvent.

— Tiens ! Marie Blinchard? D'où viens-tu?

— De prendre ma leçon de chant.

— Ça va, la voix?

— Mon professeur dit que je suis en progrès.

Germaine a un petit sourire ironique. Puis, sur un ton protecteur :

— Il faut rudement travailler, ma chère, pour arriver à quelque chose au théâtre... Si tu

Germaine Rioux et Marie Blinchard.

savais le mal que je me donne en ce moment !... Nous répétons depuis une heure jusqu'à six heures du soir... Je suis fourbue...

— Tant que cela ?

— Oh ! ma pauvre tête !... Mes pauvres reins, mes pauvres jambes !...

Mlle Marie Blinchard, ayant pris ses lettres dans le casier, M. Starckel voit les deux jeunes filles qui s'en vont, l'une, avec de grands gestes de comédienne, la démarche assurée, l'autre, les bras collés au corps et trottant menu.

« Voici une petite, pense-t-il, en contemplant la dernière, qui m'a l'air d'être aussi faite pour être chanteuse que moi pour rempailler des chaises. Enfin ça la regarde. »

Et il passe sous une voûte énorme, qu'éclaire un ballon électrique. Il arrive à une cour, dans laquelle brillent, jusqu'au cinquième étage, des croisées violemment illuminées. Il traverse une autre voûte et une autre cour, garnie, celle-ci, d'un jardin traversé de minuscules allées et planté d'arbustes verts. Sur les quatre côtés, encore des croisées très éclairées, dont les rideaux laissent entrevoir des ombres qui se meuvent, nombreuses. Des sonneries de timbres, des appels de téléphone, des roucoulades de chanteuses, des sonorités de pianos, des bruits de voix s'échappent des fenêtres ouvertes. Des rires de domestiques éclatent dans des remuements de casseroles ou de vaisselle.

« Moi, qui aime le calme, je suis bien tombé dans cette maison ! murmure M. Starckel. C'est encore une idée de Fanny. Elle a été séduite par l'aspect élégant de la façade, ces voûtes immenses qui vous donnent l'impression de vous promener sous les arcades de la rue de Rivoli... Puis, elle a été empoignée par le modern style des appartements, la hauteur des plafonds, la beauté des salles de bains... et surtout, surtout, par ces concierges solennels qui ont l'air de propriétaires et qui ne vous montent même pas vos lettres. Enfin ! »

Il pousse un petit soupir, gravit philosophiquement un escalier et s'arrête au premier étage.

Il tend déjà son chapeau au valet de chambre, quand celui-ci dit :

— J'ai une commission urgente à faire à monsieur.

— De la part de qui ?

— De M. le comte de La Bourryère. Il a envoyé quelqu'un cet après-midi, pour que je prévienne monsieur afin que si monsieur rentrait avant sept heures, il aille le voir.

Le nez de M. Starckel se pince, signe d'un violent dépit.

Qu'est-ce qu'il lui voulait, La Bourryère ? Il ne le faisait pas venir, à coup sûr, pour lui emprunter de l'argent, lui qui était presque milliardaire. D'autre part, étant données leurs situations respectives, ils avaient beau se rencontrer au Cercle et échanger, de temps à autre, de vagues propos, ils n'avaient ensemble aucune relation d'affaires ou autres. Alors quoi ?

— Où m'attend-il ? A sa banque ? Ou chez lui ? Je ne sais même pas où il habite.

— Mais il habite ici.

— Comment, ici ?

— Ou plutôt, chez sa dame.

M. Starckel regarde son domestique avec l'air douloureusement craintif et apitoyé de quelqu'un qui se demande si, ayant quitté un être sain d'esprit, il ne le retrouve pas atteint subitement de folie.

— De quelle dame parlez-vous ?

— Ah ! monsieur ne sait pas ?... Pourtant, monsieur, qui est toujours si bien renseigné sur les choses de théâtre, ne doit pas ignorer que M. le comte a, comme amie, une ancienne danseuse de l'Opéra de Vienne, Mme Halstein, dont il a eu trois enfants ?

— Oui... Je sais cela...

— Eh bien ! Mme Halstein demeure ici... Et M. le comte vient la voir, tous les jours. C'est chez elle qu'il a donné rendez-vous à monsieur.

M. Starckel a un petit rire nerveux. Après les trois jeunes filles de tout à l'heure qui avaient la vocation théâtrale, il se trouve encore une quatrième artiste, habitant la même maison ?

— Oh ! il y en a bien d'autres ! fait le valet de chambre. Cela se comprend que monsieur ne sache pas... Mais, nous, n'est-ce pas ? Les domestiques, nous, nous sommes mieux renseignés... Il y a encore, ici, un ménage d'artistes... Le mari joue au Vaudeville, et sa femme, en ce moment, aux Capucines... puis, il y a encore une autre artiste de l'Odéon, deux autres qui sont à je ne sais quel théâtre... et que je ne connais pas. Sans compter qu'il y a aussi des auteurs, des journalistes et des médecins de théâtres...

Cette fois, M. Starckel rit franchement :

— Mais c'est la Caserne des Artistes ! Et moi, qui pensais vivre dans un milieu de rentiers ou de commerçants aisés, où je ne rencontrerais personne de connaissance... Eh bien ! Fanny y a eu la main.

Mais il se rappelle que sept heures vont bientôt sonner et que le comte l'attend.

Il démarre.

II

UN MONSIEUR QU'ON RASE

— Mon cher monsieur Starckel, veuillez prendre la peine de vous asseoir.

Le comte de La Bourryère, un petit homme chauve, d'une cinquantaine d'années, au nez en bec d'aigle pointant dans une face rasée, indiqua un fauteuil, tandis qu'il se rasseyait sur un tabouret, devant un piano d'où il venait de tirer des sons que M. Starckel avait entendus dès l'entrée dans l'appartement.

Et cet appartement était vaste ! Car il occupait tout le second étage d'une des façades de la maison, soit, en longueur, une quarantaine de mètres. La richesse de la décoration et de l'ameublement était fastueuse. En parcourant le couloir sur lequel donnaient les pièces, M. Starckel avait pu s'en convaincre.

Seul, l'endroit où il se trouvait maintenant, avait une simplicité discrète, évidemment voulue, la simplicité d'un cabinet de travail d'un homme qui se contente d'un bureau, d'une bibliothèque où sont rangées les partitions, du piano obligatoire et de quelques sièges nécessaires.

En s'entendant appeler « mon cher monsieur », Starckel avait dressé l'oreille. Jamais, M. de La Bourryère ne lui en avait dit autant. Bigre ! Pour qu'il fût aussi aimable, il fallait qu'il eût grandement besoin de lui.

Il attaqua net :

— Monsieur le comte, que désirez-vous de moi?

— Un service dont je vous serai très reconnaissant... Vous savez que je suis un homme d'affaires...

— La banque La Bourryère est une des plus célèbres de Paris.

— Soit... Mais quand j'ai passé la matinée et une partie de l'après-midi à traiter des affaires et à parler chiffres, mon plus grand plaisir est d'écrire de la musique...

— On m'avait dit, en effet...

— Mais, comme Mᵐᵉ de La Bourryère déteste la musique, je ne rentre donc pas à mon hôtel... Je viens ici, dans ce cabinet, où je suis tranquille... Et j'écris là, comme vous voyez, des symphonies ou des drames lyriques... à moins que je ne me mette à ce piano et que je ne déchiffre des partitions...

Du coin de l'œil, Starckel regarda avec inquiétude le banquier compositeur. L'avait-il fait mander avec le sournois dessein de lui « poser » une de ses partitions?

Oh ! oh ! la chose devenait grave ! Et des idées de meurtre lui passaient déjà par la tête, quand son interlocuteur, en homme habitué à aller vite, lui aussi, continua :

— En deux mots, voici ce que je voudrais obtenir de vous... Je n'ai jamais rien fait jouer en public... Je tiens à y arriver... Mes symphonies d'abord... Seulement, vous comprenez, si je les faisais entendre chez Chevillard ou chez Colonne, on dirait, à cause de ma fortune, que j'ai payé très cher... Tous les journaux me tomberaient dessus... J'ai donc résolu de tourner la difficulté...

— De quelle façon?

— Vous allez me trouver un jeune musicien de talent qui puisse être en même temps un chef d'orchestre habile... Je le commandite. Il fondera « Les Concerts d'Essai ». Il me jouera mes symphonies... Mes morceaux, que je signerai d'abord d'un pseudonyme, seront intercalés au milieu d'autres de compositeurs célèbres... Si je réussis, je lèverai le masque... Et puisque avant tout, j'aime le théâtre, je ne dis pas qu'ensuite je n'aborderai pas l'Opéra.

Le visage de M. Starckel avait gardé la sereine immobilité propre aux figures de marbre. Il cédait peu aux étonnements, surtout quand il se trouvait en face de millionnaires. La fantaisie du comte lui semblait normale ; mais comme il ne ressentait aucun désir d'entrer dans la réalisation de cette fantaisie :

— Je suis très flatté, monsieur le comte, que vous ayez pensé à moi... Mais, je ne sais vraiment pas pourquoi tout le monde veut que je m'intéresse aux choses de théâtre.

— De même peut-être que vous ne vous intéressez pas au Club de la Musique et des Arts?

— Mais là aussi, je ne joue aucun rôle... Je ne suis ni directeur, ni président, ni membre du Comité.

M. de La Bourryère se leva, ses petits yeux clignotèrent, ses sourcils se froncèrent ; et d'une voix aiguë qu'il avait dans les instants où il sentait une résistance devant lui :

— Monsieur Starckel, non seulement je veux que vous me trouviez un chef d'orchestre, mais j'entends que ce soit vous qui dirigiez la construction et l'aménagement de la salle... Je suis riche, mais je ne veux pas être volé... Or, avec vous, je suis tranquille... Vous resterez dans la coulisse... Notre chef d'orchestre sera l'homme de paille... Maintenant, ne me dites pas que vous n'entendez rien aux choses de théâtre... Quand un homme comme moi veut être renseigné, il l'est... Et vous êtes actionnaire, ou commanditaire, ou prêteur, dans plus de cinq théâtres, dans autant, sinon plus, de music-halls ou d'établissements de plaisirs de Paris... Je ne parle pas de la province où vous avez aussi des intérêts... Par conséquent, votre expérience et vos conseils me seront infiniment précieux...

M. Starckel écoutait, toujours en marbre.

— Je conclus, reprit le comte. De deux choses l'une : ou vous ferez ce que je demande... ou je ne mettrai plus les pieds au Cercle et j'emmènerai avec moi une partie de mes amis qui jouent gros jeu... Et, comme, quoi que vous en disiez, si vous n'êtes pas le directeur, vous en êtes le bailleur de fonds, je vois bien ce que vous perdrez, mais je ne vois pas ce que vous gagnerez.

M. Starckel ne perdit rien de son impassibilité. Mais, en une seconde, il entrevit les conséquences de son refus. Le comte ferait ainsi qu'il le disait ; et son départ ainsi que celui de ses amis provoqueraient dans la caisse du Club un déficit considérable. La perspective d'une telle débâcle l'amena immédiatement à composition.

— Soit, monsieur le comte, je suis votre homme... Mais sur quelle somme dois-je tabler?

M. de La Bourryère haussa les épaules : La somme? Que lui importait? Il irait jusqu'au million, s'il le fallait.

— Avec vous, comme je vous l'ai dit, je suis tranquille... Je sais bien que vous n'essayerez pas de me carotter... Maintenant, il est bien entendu que, pour tout le monde, je ne m'intéresse pas à cette affaire...

⁂

Il reconduisit jusqu'à la porte de l'appartement M. Starckel, auquel, pour la première fois, encore qu'il le rencontrât souvent au Club, il tendit la main. Et comme celui-ci serrait ces nobles phalanges :

— Ah ! dit-il, un conseil, Starckel... Achetez donc demain cent Riviers... Elles sont à 500... dans trois jours, elles seront à 700... Et puis, au fait, ne donnez pas d'ordres... Je vous les achèterai moi-même.

Malgré l'agréable pot-de-vin dont le comte venait de le gratifier, car ce petit coup de Bourse lui rapporterait, sans risque, une certaine somme, M. Starckel descendit l'escalier, très maussade. Dans quelle sacrée combinaison venait-on de le faire entrer ? Il aimait — et encore ! — les chansons de café-concert et les flonflons de l'opérette ; mais à la musique sérieuse il n'entendait goutte. Et il fallait qu'il s'occupât de bâtir une salle de concerts ! Comme s'il n'avait déjà pas assez de ses affaires, sans être obligé de travailler à celle-ci !

Ah ! qu'il y avait sur terre des gens assommants !

Il arrivait à la dernière marche de l'escalier, quand quelqu'un l'interpella :

— Bonsoir, cher ami... Il paraît, à présent, que vous habitez la maison, vous aussi ?

Il reconnut Frantz Davrac, un journaliste théâtral, à l'esprit vif et avisé, remuant, pétulant, que, le soir venu, on rencontrait dans tous les restaurants et toutes les coulisses.

— Oh ! mon vieux, reprit celui-ci d'une voix essoufflée, quel turbin, en ce moment ! Je quitte le journal... Il est huit heures... Il faut que je passe un habit, que je dîne et que je sois à neuf heures à la première des Variétés.

Il désigna l'ascenseur :

— Et cette sacrée machine-là qui ne marche jamais... ! Il faut que je m'appuie un sérieux cinquième... Au revoir, mon vieux... On vous verra, ce soir, à la première ?

Et sans attendre la réponse, il commença à gravir des marches, au pas de course.

En rentrant dans son appartement, M. Starckel vit, l'attendant, son amie, Mlle Fanny, une jolie blonde, aux yeux noirs, dont l'opulence des formes et la blancheur de la chair s'accusaient dans une toilette blanche, largement décolletée.

— Comment, fit-elle, tu n'as pas dîné ? Et tu n'es pas en habit ? Moi, j'ai dîné chez moi... Et je croyais te trouver prêt pour partir aux Variétés ?

Il ne répondit rien ; et après avoir lancé au domestique un : « Vite, servez ! » il se mit à table.

Avec son visage de bonne fille, Fanny le regardait compatissante :

— Tu as l'air ennuyé... On peut savoir pourquoi ?

Il attaquait le potage, il cessa de manger, heureux de pouvoir détendre ses nerfs et de faire passer sur quelqu'un sa mauvaise humeur. Ah ! Fanny demandait pourquoi il avait l'air ennuyé ? Eh bien ! elle allait le savoir.

Et il dit toute la rancœur qu'il éprouvait du choix de l'appartement. Dans quelle maison, non, dans quelle caserne plutôt, était-il tombé ! Des artistes, des auteurs, des journalistes, partout, depuis l'entresol jusqu'au cinquième. On ne pouvait faire un pas sans se heurter à un des représentants de l'art théâtral.

— Comme si je n'en vois pas assez tous les jours ! Et ceux qui sont ici vont me relancer constamment... Ça a commencé, ce soir... Au train dont ça marche, je me demande ce que ce sera dans une huitaine !... Et j'ai, grâce à toi et à ton intelligence, un bail de trois ans !... Si je dois supporter pendant tout ce temps-là, huit, dix raseurs par jour, je deviendrai fou...

La bonne figure de Fanny exprima la désolation :

— Minou... j'avais cru bien faire... Est-ce que l'appartement n'est pas très chic ?

Mais Minou s'en moquait bien du chic de l'appartement ! Il ne voyait que les raseurs qui appuieraient, à chaque instant, sur le bouton électrique de la porte d'entrée ; il revoyait le comte et ses « Concerts d'Essai » avec tous les embêtements qui allaient s'ensuivre.

Il ne desserra plus les dents que pour avaler son potage.

« Drim ! Drim ! » Un coup de timbre ; puis, M. Starckel entend une voix qui dit au domestique : « Inutile de m'annoncer ! S'il est à table, tant mieux. »

Un joli garçon, aux cheveux noirs, séparés en bandeaux, rasé comme un Américain, en habit, chaussé de bottines dont le vernis dessine un pied élégant, pénètre d'autorité dans la salle à manger ; et l'air joyeux, la poitrine bombée, les mains tendues :

— Ah ! mon cher Starckel... Ce n'est que ce soir que j'ai appris que nous étions voisins... Quelle veine ! En passant, j'ai vu vos fenêtres allumées... Je suis monté pour vous serrer la main... Et, si vous voulez, je vous emmène tous les deux aux Variétés... J'ai mon locati...

M. Starckel échangea un coup d'œil avec Fanny. Eh bien ? qu'est-ce qu'elle en pensait ? La brusque entrée de ce personnage n'était-elle pas l'éclatante confirmation de ce qu'il venait de dire ? Il n'allait plus être maître chez soi.

Certes, ce garçon, toujours gai et amusant, qui signait du nom de Maxime Barthy une foule de revues de music-halls, était loin de lui inspirer de l'antipathie. Mais il aimait à le voir dans des coulisses ou des corridors de salles de spectacles. Car leur intimité n'était pas assez grande pour que Barthy s'introduisît ainsi, tout de go, chez lui. Sans l'excuse du voisinage, il ne l'eût d'ailleurs certainement pas fait.

Tout en continuant de manger, M. Starckel serra mollement une des mains tendues vers lui ; et tandis qu'il fixait obstinément son assiette, il déclara qu'il n'irait pas à la première.

— Comment ! Tu m'abandonnes? fit Fanny.

— Oui... J'ai trop de choses à faire ce soir.

Le revuiste devina vaguement qu'il surgissait en gêneur. Starckel n'était jamais exubérant, mais, rarement, il était aussi froid. Il se demandait s'il ne tombait pas dans une scène de ménage, auquel cas, il n'y avait qu'à jouer des gambettes.

— Alors, mon cher, je vous laisse et je vous prie d'excuser mon importunité... Je pars seul... A moins que Mlle Fanny n'aille à la première?... Et si cela peut vous être agréable que je l'em-même?

Fanny esquissa un timide « Oh ! monsieur, je vous remercie... » Mais en soi-même, elle pensait que si Starckel voulait bien la laisser partir, elle en serait enchantée. Quand Minou rognait, elle préférait ne pas rester avec lui.

Ce dernier leva son binocle vers sa blonde compagne :

— Tu veux aller avec Barthy?

— Moi... veux bien.

— Alors, va.

Nouveaux serrements de mains des deux hommes. Bécotements de Minou et de Fanny. Demande :

— A quelle heure te verrai-je?

— J'irai te prendre à la sortie des Variétés.

Et tandis que Starckel continue son repas, Fanny et Maxime Barthy traversent rapidement les cours.

Soudain, le revuiste lève le nez, et montrant des fenêtres qui brillent à un cinquième étage :

— Tenez... Vous voyez, là-haut... Il y a une petite femme qui est au *Cocorico*... Elle va jouer dans *Eh voulez-vous des marquises ?* Je l'ai entendue, l'autre soir, dans un cabaret de Montmartre... Elle nous a chanté des chansons, entre camarades, pour s'amuser... Elle a une nature !... C'est épatant... Dans ma prochaine revue, je la fais engager...

— Comment s'appelle-t-elle?

— Léo... Il faudra qu'elle change de nom... Je lui en trouverai un, d'ailleurs... Et elle ira loin... car c'est une nature... Et quelle nature!

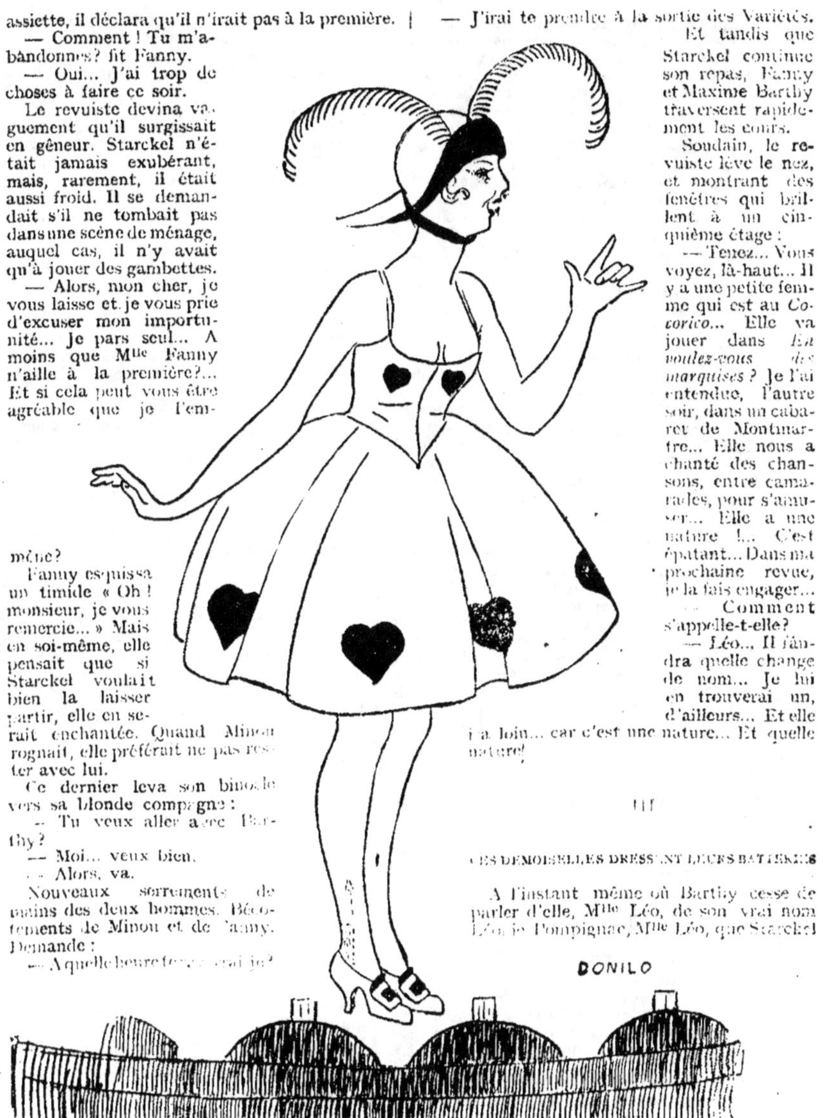

Madame Pompignac avait été danseuse et chanteuse de café-concert.

III

CES DEMOISELLES DRESSENT LEURS BATTERIES

A l'instant même où Barthy cesse de parler d'elle, Mlle Léo, de son vrai nom Léonie Pompignac, Mlle Léo, que Starckel rencontra tout à l'heure, est en train de lancer, à toute volée, des jurons en patois marseillais et en apache parisien ; et elle conclut :

— Je te dis que Fourneau ne viendra pas.

— Hé! Pourquoi? Il n'est que huit heures et demie... Il lui est arrivé de s'améner, bien souvent, plusss tardivement... Il est dans les affaires, le cherr mignonn... Il ne fait pas non plusss tout lé temps cé qu'il veut...

C'est Mme Pompignac mère qui répond. Sèche comme un sarment, la poitrine plate, des yeux de fouine dans un visage qui, malgré le fard et la poudre de riz, apparaît sillonné de rides, Mme Pompignac a toute la nervosité, l'emballement, la volubilité des Méridionales.

Comme sa fille, elle monta sur les planches à l'âge de douze ans, puis *elle fut danseuse, chanteuse de café-concert*, du gazon dans des théâtres de province.

Elle eut d'excellentes fortunes, mais, hélas ! vint la sombre dèche, et les années noires furent nombreuses.

A présent, elle supporte mieux l' « essisstince » grâce à Léo, qui a su enfin conquérir l'amitié d'un négociant de Lille, dont elle fit la connaissance, en chantant dans un concert de cette ville, et qui vient lui rendre visite, à Paris, tous les quinze jours. Le négociant lui ayant présenté un de ses amis, un commissionnaire en marchandises, celui-ci s'empressa de lui faire la cour. Comme elle professait cette maxime que les amis de nos amis sont nos amis, elle défaillait, après vingt-quatre heures de flirt, entre les bras de ce dernier. Sans doute, ne fut-elle qu'à moitié satisfaite de son intelligence, car c'est à lui qu'elle a généreusement octroyé le surnom dé Fourneau, surnom dont elle se sert quand elle est seule avec sa mère, tandis que lorsqu'il est à ses côtés, elle l'appelle « Le Tit Toutou à sa Tite Tototte ».

La générosité de ces deux commerçants lui a permis de s'installer dans un appartement de quinze cents francs, qu'elle a meublé d'une façon sommaire, estimant que d'abord, elle n'y resterait peut-être pas longtemps. A Paris, on fait tant de connaissances si belles et si riches ! Ensuite, ne vaut-il pas mieux acheter des robes et des chapeaux plutôt que d'encombrer les pièces de tentures, de tableaux et d'objets d'art inutiles?

Toujours furieuse, elle vire dans la salle à manger, en regardant la table où sont dressés seulement deux couverts. En effet, par un sentiment de haute convenance, Mme Pompignac que sa fille présente toujours, non comme sa mère, mais comme sa gouvernante, — une vieille amie de sa famille qui l'a élevée ! — reste à la cuisine quand il y a du monde. Elle dîne en compagnie des bonnes, lorsque celles-ci consentent à rester dans la maison, ce qui n'arrive pas souvent, Mme Pompignac ne pouvant jamais s'entendre avec ces filles, *des fénéintes, qui gassepillent tout et né fichent rien gay.*

— A la fin, mettons-nous à table ! J'ai l'estomac dans les talons, décrète Léo. S'il s'amène, il bouffera les restes.

— Il est dé faittte qué lé diner, il va tellement t'être cuit qné cé né séra plusss qu'une marmelade.

Mais on sonne. Léo se précipite à la porte d'entrée. Ah ! elle va lui en servir quelques-unes et de bonnes au Tit Toutou à sa Tite Tototte !

Mais, au lieu du Tit Toutou, c'est Jean qu'elle trouve à la porte, un bleu à la main.

Elle regarde la suscription, reconnaît l'écriture. Sans décacheter le télégramme, elle est fixée. Fourneau ne viendra pas.

— Animal ! Brute ! Idiot !

— Mais, mademoiselle, je ne vous ai ,ien fait, dit Jean, ahuri.

Elle regarde le serviteur des concierges ; et comme elle change de sentiments avec une mobilité pareille à celle des nuages se mouvant dans un ciel de mars, elle part d'un fol éclat de rire :

— Hé ! Ce n'est pas de vous que je parle..., c'est de mon amant. Et, au fait, l'abatage avec vos patrons... C'est terminé?

— Oui, mademoiselle, et je vous remercie bien d'avoir pris ma défense...

Avec une familiarité où tout le Midi réapparaît, elle donne une petite tape sur la joue de Jean. Bah ! Qu'il ne se frappe pas. Il ne faut pas se faire de bile dans la vie. Sans quoi, on ne vit pas vieux.

La petite tape a paru au domestique douce ainsi qu'une caresse. Un flot de sang lui monte aux joues, ses yeux noirs d'Auvergnat flambent. sa bouche s'ouvre dans un sourire de béatitude.

— Dites donc, mon petit Jean, vous aimez les femmes, hein ?

Il se dandine, en conservant son sourire béat, le regard fixé sur la gorge de la chanteuse que le haut du peignoir déboutonné laisse entrevoir.

Elle le dévisage d'un coup d'œil. Cet homme râblé et musclé, au cou court, aux épaules larges, lui rappelle un des nervis de Marseille pour lequel, à quinze ans, elle eut un vif penchant.

— Je parie que toutes les femmes de chambre et les boniches de la maison doivent vous courir après, n'est-ce pas? Et voilà pourquoi, vous ne montez pas toujours les lettres à l'heure exacte.

Il garde le silence, son sourire aux lèvres, ses yeux fixés sur la gorge.

— Coquin de Jean ! Vous êtes tout de même un beau garçon !

Elle lui donne encore une petite claque sur la joue.

— A demain !... Merci de m'avoir apporté si vite mon télégramme.

Il se décide à parler ; mais les mots passent difficilement à travers sa gorge serrée ; il bégaye :

— Vous n'aurez ja... jamais... à vous... vous

plaindre de moi... Je... je monterais plutôt dix fois qu'une... pour... pour... Enfin... Enfin... si vous aviez besoin de moi !...

— Tu es un brave !

Et elle referme la porte.

Elle n'a aucune hésitation sur les sentiments de Jean à son égard. Il a un béguin pour elle. Après tout, n'est-ce pas son droit? C'est un homme comme un autre, et la domesticité n'implique pas, au point de vue amoureux, une infériorité. Au contraire. Elle se revoit à Marseille, sur le port, faisant la bombe avec les nervis et les matelots. Elle ne s'ennuyait pas avec eux. Elle s'amusait même autrement qu'avec les messieurs riches qui, depuis, l'ont entretenue. Tout son fonds populacier remonte en elle, amenant un regret de ne plus pouvoir vivre cette vie-là.

Mais la voix de Mme Poinpignac retentit :

— Eh benggg?

— Eh bien ! Fourneau ne vient pas. A table !...

Le dîner expédié, Léo se rend dans la chambre à coucher, enlève le peignoir qu'elle a revêtu, croyant passer la soirée avec M. Fourneau, à la maison ; et elle revient dans la salle à manger, habillée et chapeautée.

— Comment? Tu sors?

— Oui, il faut que j'aille au *Cocorico*. J'ai des amies à voir.

Léo prête à sortir.

— Rentreras-tu à bonne heure?

— Tu le verras... *Quand j'arriverai, tu me prendras.*

— Ne découche pas au moinsss... La premièrrre de l'opérette aura' lieu bientôt... Il faut que tu soignnnes ta voix.

— Oh ! elle va toujours bien.

Et elle descend les escaliers, en chantant à plein gosier, afin de se prouver que ses cordes vocales sont toujours en bon état.

Comme elle arrive au rez-de-chaussée, elle tombe sur Mlle Marie Blinchard, qui vient de dîner, elle aussi et qui se rend, de son pas tranquille, chez Germaine Rioux.

Elle a entr'aperçu plusieurs fois Marie. Elle l'a toujours vue avec un rouleau de musique ou des partitions sous le bras. La curiosité la pousse à savoir ce que fait la jeune fille ; et comme elle trouve l'occasion propice, d'un geste, elle l'arrête :

— Pardon, mademoiselle...

— Mademoiselle?

— Excusez mon indiscrétion... Mais je suis artiste... Je crois que vous devez être une camarade... Est-ce que vous ne chantez pas?

— Si... Mais je ne suis pas encore au théâtre... J'étudie au Conservatoire...

— Ah !... La musique sérieuse? La grrrande Opéra?... Bouff ! C'est beau, ça... Moi je ne chante que dans les cafés-concerts... Mais j'espère bien arriver à autre chose...

— Vous y arriverez... Vous êtes assez jolie pour cela...

Et Marie ajoute avec un soupir :

— Ça n'est pas comme moi...

— Allons donc ! Allons donc ! fait Léo qui, flattée, ne veut pas être en reste de galanterie. Vous avez une charmante petite frimousse.

— Non, je sais bien que je suis laide.

Elle dit cela si sincèrement que Léo en est tout émue.

C'est vrai. La pauvre petite n'a pas un de ces minois qui forcent l'admiration des passants.

Mais Léo ne peut pas l'approuver. Et la politesse ?

Elle cherche une échappatoire :

— Vous devriez vous habiller mieux et vous coiffer autrement... Les cheveux tirés sur les tempes, ça ne se porte plus. Et vous vous appelez comment ?

— Marie Blinchard.

— Au revoir, mademoiselle Marie Blinchard... Et si vous n'êtes pas aussi belle que vous voudriez l'être, consolez-vous... A l'Opéra, l'important, c'est d'avoir de la voix.

Tandis que Léo file vers la rue, Marie avance à pas lents dans la cour. Elle songe qu'on peut lui répéter qu'elle est laide. Si elle l'ignorait, sa mère se chargerait de le lui apprendre. Vingt fois par jour, celle-ci le lui module sur tous les tons.

A la maison, c'est, en effet, la lutte incessante entre le père, la mère et la fille. M. Blinchard, dont le commerce de bijouterie est très prospère, ne vit que pour Marie. Jeune homme, il avait rêvé d'aborder la carrière théâtrale, comme chanteur. Le manque d'argent et la volonté paternelle l'obligèrent à renoncer à cette carrière aléatoire et à se tourner vers celle plus sûre de la vente des montres et des bijoux.

Mais quand il constata chez sa fille des dispositions d'enfant précoce pour la musique, il l'encouragea. Elle serait peut-être ce qu'il n'avait pas été.

A l'âge de cinq ans, elle commença donc d'étudier le piano ; et elle devint excellente musicienne. Quand elle eut atteint la quinzième année, son père lui découvrit un filet de voix. Vite, il lui donna un professeur de chant. Quelques années plus tard, après s'être vainement présentée plusieurs fois, elle réussit enfin à entrer au Conservatoire.

Mais, autant M. Blinchard était ravi, autant sa femme était dépitée. Celle-ci avait pour la musique et l'art du chant la plus profonde aversion. Elle était allée une seule fois à l'Opéra ; et quoiqu'elle eût dormi presque pendant toute la représentation, elle en était sortie avec une telle migraine qu'elle avait juré de ne plus jamais remettre les pieds dans cet endroit. L'Opéra-Comique ne l'avait jamais vue ; encore moins les grands concerts classiques.

Aussi, quand elle entendait sa fille qui, assise au piano, s'accompagnait, en chantant, elle cédait à des crises nerveuses qui la faisaient fuir de son appartement.

Une autre raison, plus grave, la poussait à n'avoir pour Marie qu'une affection mitigée, elle s'était mariée très jeune. Or, ayant atteint maintenant la quarantaine, et demeurée, quand même, svelte et jolie, elle enrageait d'avoir une fille de vingt-deux ans, qui la vieillissait. Peut-être se fût-elle montrée plus indulgente si Marie avait eu quelque beauté. Elle en eût tiré des jouissances de vanité. Mais, plus celle-ci avançait en âge, plus sa laideur s'accentuait. Aussi Mme Blinchard, persuadée que jamais sa fille ne réussirait au théâtre, regardait comme autant d'argent perdu, tous les frais qu'entraînaient les études musicales. On eût bien mieux fait de marier Marie à un commerçant quelconque et d'en faire une mère de famille. Et, comme elle répétait cela quotidiennement, des scènes éclataient, non moins quotidiennement, entre elle et son mari, scènes où chacun s'envoyait les pires insultes, tandis que Marie finissait par gagner sa chambre, en pleurant.

Ce soir encore, une scène de ce genre avait eu lieu ; et si la jeune fille n'était pas allée immédiatement se coucher, c'était parce qu'elle se rendait chez Germaine Rioux qui, ainsi qu'à M. Starckel, lui avait dit : « Viens... Tu apprendras tout à l'heure une grande nouvelle. »

Peu curieuse, il lui indifférait d'apprendre une nouvelle, fût-elle importante. Mais, encore que Germaine se montrât vis-à-vis d'elle d'allures hautaines et protectrices, en petite débutante sûre, par sa beauté, sa fortune et ses relations et aussi par ses promesses de talent, d'arriver à une situation brillante, Marie préférait aller passer quelques heures avec elle plutôt que de se mettre au lit, avec, dans les oreilles, les bruits de la dispute familiale.

Quand elle pénétra dans le salon des Rioux, son regard se porta immédiatement sur un grand gaillard, à la poitrine bombée, aux épaules larges, à la taille bien cambrée dans une jaquette qui dessinait exactement les formes. Sous des cheveux noirs, abondants et naturellement frisés, qui, rejetés en arrière, dégageaient un front vaste, le visage de ce gentleman respirait la confiance en soi, tempérée par la finesse des yeux et un air de moquerie provenant d'un pli très accusé, allant de la commissure de la lèvre jusqu'à l'aile gauche de la narine. Tout en parlant, il jouait d'une façon coquette avec un cigare, geste qui faisait valoir des mains petites, légèrement potelées, des mains d'abbé. Et, tour à tour, grave, enjoué ou ironique, écoutant avec conviction, souriant avec finesse ou ripostant d'un mot lancé comme une flèche, à travers les dents mi-serrées, qu'il avait très belles, ce gentleman ressemblait à un artiste-diplomate.

Marie le reconnut tout de suite. Elle avait devant elle Lutzys, le fameux ténor de l'Opéra, Lutzys aussi merveilleux chanteur qu'admirable comédien, Lutzys, dont le génie protéiforme se manifestait à chaque création. Car, si habile à se grimer et à se costumer, il pouvait indifféremment interpréter, avec le même bonheur, les seigneurs à panache des opéras anciens, les héros des légendes wagnériennes ou les personnages en veston de certains drames lyriques modernes.

— Ah ! te voici enfin !

Germaine prend Marie par la main, l'amène jusqu'au ténor :

— Cher ami, je vous présente ma petite amie, Mlle Marie Blinchard, qui est au Conservatoire.

Lutzys, d'un mouvement lent, baisse la tête :

— Il me semble, en effet, avoir entendu mademoiselle, aux examens d'admissions.

Marie reste intimidée ; elle n'aurait jamais rêvé qu'elle pût approcher ce ténor et lui parler. Elle le revoit dans toute sa gloire, à l'Opéra, elle l'entend chanter.

Et, très émue, elle murmure un « cher maître » à peine distinct.

Mais Mme Rioux lui demande :

— Tu vas bien, ma petite Marie ?

— Et votre mère ? Vous laisse-t-elle un peu tranquille ? interroge à son tour M. Rioux.

Elle se tourne vers le couple.

M. et Mme Rioux ont le calme et l'imposante dignité de gens qui, après avoir réalisé une grosse fortune dans l'industrie, représentent la noblesse bourgeoise. Lui, gras, court, le teint coloré, avec un abdomen bien arrondi, arbore au revers d'une redingote qu'il porte immuablement, la rosette de la Légion d'honneur. Elle, les cheveux passés au henné, le visage et les yeux savamment arrangés, en femme qui lutte et se défend, arbore aux oreilles, des diamants, gros comme des noisettes, et aux mains, des bagues de haut prix.

Sous la bienveillance de leurs paroles perce, vis-à-vis de Marie, le même dédain discret et protecteur que Germaine montre envers elle.

Mais la jeune fille n'y prête pas attention. Elle est tellement habituée aux rebuffades que dès qu'on lui témoigne un peu de sympathie, elle se livre entièrement. Elle répond aux interrogations qu'on vient de lui poser, avec son air calme et douloureux. Hélas ! à la maison, c'est toujours pareil. Si son père ne s'entêtait pas à ce qu'elle fît du théâtre, elle abandonnerait volontiers le Conservatoire pour souscrire au désir maternel : elle se marierait afin de conquérir la paix et obtenir ainsi un peu de tranquillité.

En parlant, elle regarde de temps en temps Germaine qui cause toujours avec le ténor. Tous les deux plaisantent et rient parfois aux éclats, Germaine, familière, ne semblant marquer aucune distance entre elle et ce chanteur fameux, lui, familier aussi, prenant les mains de la jeune fille entre les siennes et les conservant longtemps, tandis qu'il la regarde avec des yeux brillants.

Et Marie admire son amie. C'est beau, à son âge, d'avoir tant d'aplomb et de désinvolture ! Elle serait incapable, elle, d'en faire autant.

Mais la porte du salon s'ouvre. Germaine galope :

— Monsieur Starckel ! Ah ! c'est chic d'avoir tenu parole.

A leur tour, les Rioux se sont précipités vers M. Starckel qu'ils accablent de compliments. Celui-ci salue, fait quelques pas, gêné par tant d'effusions, et songeant en même temps que tous ces gens sont comme le comte : pour être si aimables, il faut qu'ils aient bien besoin de lui.

— Connaissez-vous M. Lutzys ? demande Germaine.

M. Starckel aperçoit le ténor, qui se tient appuyé contre la cheminée et qui lui lance de la main un léger bonsoir.

— Mais oui, fait ce dernier nous nous sommes vus souvent à Monte-Carlo, quand j'allais chanter l'opéra...

— Si nous sommes en pays de connaissance, reprend Germaine, tout va bien.

Puis, à Starckel :

— Je vous ai promis de vous apprendre une grande nouvelle...

Alors, très cérémonieusement, et prenant la main du ténor, à la façon des artistes qui, après un baisser de rideau, viennent saluer le public :

— Cher monsieur, je vous présente mon fiancé... Le mariage sera célébré dans un mois... Vous nous ferez, j'espère, l'honneur de figurer au nombre des invités ?

Malgré son manque absolu de prédisposition à l'étonnement, Starckel resta frappé. Une aphonie subite l'empêcha de desserrer les maxillaires. Décidément, Germaine savait conduire sa barque, ça n'était pas une enfant. Être arrivée à se faire épouser par Lutzys constituait un tour de force et une entente de l'art de la réclame qui dénotaient du génie. Quand Paris, la province et l'étranger apprendraient ce mariage, la petite Germaine Rioux, inconnue jusqu'ici, deviendrait, du coup, célèbre. Combien de gens iraient au Grand-Théâtre, afin de la voir, poussés simplement par la curiosité !

Quant à Marie Blinchard, elle ne bougeait pas, les yeux fixes, la bouche en O, admirant d'apprendre une telle nouvelle, n'ayant d'ailleurs aucun sentiment de jalousie, en proie seulement à une stupéfaction profonde.

L'air souriant et satisfait, M. et Mme Rioux jouissaient avec allégresse de l'étonnement que, malgré sa placidité ordinaire, M. Starckel n'avait pu s'empêcher de manifester.

— Eh bien ! cher monsieur, que dites-vous de ce mariage ?

Il arriva enfin à desserrer ses maxillaires :

— Je le trouve parfait... Mes compliments, mes plus sincères compliments.

— Et comment dois-je m'appeler maintenant au théâtre ? demanda Germaine. Quel nom faut-il mettre sur les affiches ?

— Celui de votre mari... Cela me paraît tout indiqué...

Un murmure de satisfaction s'éleva. Pendant tout le dîner, cette question avait été agitée. Tout le monde était d'avis que Germaine s'appelât Mme Lutzys. Mais enfin, on tenait à avoir l'opinion d'autres personnes ; et celle d'un homme aussi averti que M. Starckel levait les dernières hésitations.

Au bout de quelques instants, M. Rioux emmena ce dernier dans un coin du salon.

— Mon cher monsieur, j'ai quelque chose à vous demander.

Starckel baissa la tête. Ça y était ! Ce qu'il avait prévu se réalisait. On ne l'avait pas fait venir simplement pour lui annoncer un mariage, mais pour le mettre à contribution. Que faire ? Il n'y avait qu'à attendre et à entendre. Il écouta donc avec la résignation d'un récidiviste qui, en étant à sa vingtième condamnation, empoche avec sérénité la vingt et unième.

Mais s'il se laissait importuner ainsi, ce n'était pas par pure bonté d'âme. De même que le comte de La Bourryère, M. Rioux venait au Club de la Musique et des Arts. Il ne représentait pas le grand joueur. Néanmoins, à l'occasion, il perdait galamment cinquante louis. Puis, l'été venu, il était encore « un client » dans les diverses villes d'eau où Starckel subventionnait des casinos. Enfin, il amenait au Cercle beaucoup d'amis.

— Que désirez-vous de moi ? fit-il avec une petite voix d'enfant sur le point de pleurer.

— Voici... J'ai tout fait pour empêcher ma fille d'entrer au théâtre... Si elle a cédé à ce penchant, c'est d'ailleurs la faute de sa mère... Germaine n'avait pas huit ans que ma femme lui faisait réciter des fables, devant des amis qui, naturellement, déclaraient que c'était un enfant prodige... Plus tard, Mme Rioux l'a laissée jouer la comédie de salon. On ne sait pas assez, monsieur, combien, étant donnée la fureur actuelle du cabotinage, la comédie de salon a dévoyé de jeunes filles...

— Et même de jeunes femmes, cher monsieur !

— Hélas ! répondit d'une voix caverneuse M. Rioux, cependant qu'il levait les bras au ciel. Enfin, voyant que nous ne pouvions empêcher Germaine de sacrifier à sa passion, nous avons suivi le conseil de son professeur, M. Barthélemy, de la Comédie-Française... Nous l'avons laissée partir en tournée avec lui, afin qu'elle ait des planches, comme ils disent dans leur jargon... Je dois déclarer que, partout, elle a eu beaucoup de succès... A Bruxelles, où elle a joué pendant une semaine, on relevait, à cause d'elle, le rideau, quatre fois, tous les soirs, à la fin du deux... Partout, elle a eu des articles admirables... Ce n'était pas cela que j'avais rêvé pour elle... Mais enfin, puisque c'est fait !

M. Starckel avait enlevé son binocle et il en essuyait les verres avec son mouchoir, afin de se donner une contenance. A quelle heure cet homme bavard et solennel aurait-il fini de lui raconter des histoires qu'il connaissait depuis longtemps ?

Il répéta machinalement :

— Oui... puisque c'est fait !

— Mais voici ma fille à Paris, monsieur Starckel... Elle risque une grosse partie... car elle joue le principal rôle de la prochaine pièce du Grand-Théâtre... Ceci provoque bien des jalousies dans le théâtre même... Et ces jalousies, elles vont devenir féroces, quand on saura que Germaine épouse Lutzys... Aussi, que ne fera-t-on pas pour essayer de lui souffler le rôle et de l'empêcher de débuter ! Angélina Bacquier, la maîtresse du directeur, Martinette, l'étoile du théâtre, ont tout tenté et tenteront tout pour prendre, l'une ou l'autre, sa place.

Il s'arrêta un instant, souffla, passa une main sur ses lèvres, qu'un si long discours rendait humides ; puis, avec un effort :

— J'ai été dans les affaires... Je sais qu'on n'a rien sans rien... Je me suis donc résolu à un sacrifice.

M. Starckel assujettit son binocle sur son nez et prit une mine intéressée. Ouf ! il allait savoir enfin ce que son interlocuteur désirait obtenir de lui. Et il se rappelait des maximes fameuses : « Tout vient à point à qui sait attendre... La patience est une des plus grandes vertus... » Maximes qu'il n'avait cependant pas coutume de mettre en pratique dans la vie.

Mais, ce soir, tant de tuiles lui tombaient sur la tête qu'il était devenu, pour l'instant, doux et résigné comme un petit mouton bien sage.

— Et de quelle nature est votre sacrifice ?

— Je sais que Barbet, le directeur du Grand-Théâtre, a besoin d'argent.

— En effet... Il vient de s'offrir une série de fours qui comptent dans l'existence d'un homme.

— Germaine m'a dit qu'il cherchait cinquante mille francs... Eh bien ! je les lui apporte.

— C'est très habile de votre part.

— Vous m'approuvez ? Parfait... Mais voici ce qui m'ennuie... Je ne voudrais pas aller trouver Barbet et lui offrir, moi-même, cet argent... Je n'ai pas l'habitude de parler avec des directeurs de théâtre... Puis, dans ma situation, c'est particulièrement délicat... Je voudrais qu'un intermédiaire s'en chargeât...

— Et vous avez pensé à moi ?

— Oui... Vous vous entendez, vous, à arranger très bien ces sortes d'affaires... D'autant plus que vous êtes actionnaire du Grand-Théâtre...

— Comment savez-vous ?

— Est-ce qu'on ne sait pas tout à Paris, quand on veut ?

Starckel lança un mauvais regard à M. Rioux. Comment ! son interlocuteur de même que le comte de La Bourryère, savait cela ! Lui aussi, il allait peut-être énumérer tous les endroits dans lesquels il était pécuniairement intéressé. Starckel enragea : tout le monde était donc au courant de ses affaires ?

Son nez s'était pincé, et ses yeux s'étaient plissés de telle sorte que M. Rioux interrogea, inquiet :

— Est-ce que ma demande vous contrarie ?

— Non... non... Je connais beaucoup Barbet... J'arrangerai très facilement votre affaire... Il vous sera évidemment reconnaissant du concours que vous lui apportez... Et ainsi, vous n'aurez plus à craindre au sujet des débuts de votre fille... D'ailleurs, dans le traité, je stipulerai que, au cas où Mlle Germaine ne jouerait pas le rôle qui lui est attribué, vous n'auriez pas à verser les cinquante mille francs... Ainsi, nous le tenons.

M. Rioux saisit les phalanges de M. Starckel qu'il pétrit vigoureusement entre les siennes.

— Je ne sais comment vous remercier... Qu'est-ce que je pourrais bien faire pour vous?

— Rien, cher monsieur...

Puis, se ravisant :

— Si... Aidez-moi de façon à ce que votre futur gendre réponde à la demande que je vais lui adresser.

Et, suivi de M. Rioux, M. Starckel se dirigea vers Lutzys, qui finissait de raconter comment, se trouvant en Amérique, il avait dû, un soir, chanter dans une grange, le théâtre ayant brûlé l'après-midi.

— Mon gendre, fit M. Rioux, en frappant amicalement sur l'épaule du ténor, M. Starckel a une requête à vous adresser... Permettez-moi de l'appuyer.

Lutzys lança une jambe en avant, fit bomber la poitrine, passa une main dans ses cheveux ; et avec une feinte bonhomie de prince daignant accorder une faveur à un de ses sujets :

— Dites, monsieur Starckel.

— Oh! la chose, difficile pour moi, n'est pas compliquée pour vous... Je voudrais simplement savoir si vous connaissez un musicien, qui serait en même temps un chef d'orchestre capable de diriger des concerts de musique sérieuse?

Le ténor réfléchit. Il passa en revue tous les chefs d'orchestre qu'il connaissait ; mais, quand il eut terminé, il arriva à cette conclusion que ces chefs, tous célèbres, étaient engagés et qu'aucun d'eux ne pourrait se rendre à l'appel de M. Starckel. Il en voyait bien un qui « aurait fait l'affaire ». Malheureusement, il était en Amérique.

— Et à moins qu'il ne dirige, grâce à la télégraphie sans fil, dit Starckel, qui trouvait le chanteur aussi mal renseigné que gonflé de sa superbe, nous ne pourrions pas répéter souvent.

Déjà, il commençait de considérer comme plus difficile qu'il ne le croyait, la mission dont le comte l'avait chargé, quand la voix timide de Marie Blinchard s'éleva :

— Je connais quelqu'un qui pourrait très bien conduire un orchestre.

— Et qui donc? demanda Starckel, en se tournant, plein de joie et d'espérance, vers la jeune fille.

— M. Harmelin.

Et, en prononçant ce nom, ses joues se carminèrent violemment.

— Harmelin?... celui qui est chez nous, à l'Opéra? fit Lutzys... Harmelin, le chef des chœurs?

— Oui.

— Oh ! mais c'est une idée... une excellente idée... Harmelin est premier prix de piano et d'harmonie du Conservatoire... Il a déjà composé des machines très bien... Mais je le crois meilleur chef d'orchestre que compositeur... Vous le connaissez, mademoiselle?

— Beaucoup... Il a été mon professeur de piano... Et il vient encore souvent à la maison...

Et elle rougit de nouveau, à tel point que ses joues ressemblèrent à deux tomates.

— Eh bien ! va pour Harmelin ! fit M. Starckel. Qui lui soumettra ma proposition?

— Moi, dit le ténor.

— Si vous le voulez bien, je lui en parlerai aussi, ajouta Marie.

Enchantée que sa petite amie eût pu être agréable à M. Starckel, car cela servait en même temps ses intérêts, Germaine la présenta à ce dernier. Sans penser un seul mot de ce qu'elle disait, elle loua la voix de Marie, affirmant qu'il y avait en elle l'étoffe d'une artiste merveilleuse. Cet espoir brillerait certainement dans les concerts auxquels il s'intéressait. Il agirait sagement en la faisant chanter.

Tandis que, toute confuse, devant ce flot de louanges auquel Germaine ne l'avait pas habituée, Marie Blinchard continuait de rougir, M. Starckel, prétextant qu'il était tard, prit congé de ses hôtes.

Une fois dans la rue, il respira. Enfin, à présent, aucun de ses voisins ne viendrait l'importuner. Et c'est avec un sentiment de délivrance, qu'il gagna le *Cocorico*. Mais, au lieu de pénétrer dans la salle, il monta aux bureaux de l'administration.

Une porte était ouverte, laissant voir une petite pièce garnie d'une table, d'un fauteuil et de deux chaises. Aux murs, deux affiches représentaient, l'une, un dompteur fouaillant des fauves, l'autre, une danseuse évoluant dans un décor fleuri. Sur la cheminée, traînaient des programmes, des journaux et des photographies d'artistes.

Penché sur la table, un gentleman d'une quarantaine d'années écrivait fébrilement.

— Bonsoir, Maurice, fit M. Starckel.

Le gentleman leva le nez, sa physionomie fine et gouailleuse s'éclaira d'un sourire :

— Tiens ! c'est vous, patron? Qu'est-ce qu'il y a?

— Il faudrait écrire à Mastio.

— L'architecte?

— Oui... Qu'il vienne me voir demain matin, le plus tôt possible.

— Pourquoi? Vous allez vous faire bâtir un nouvel hôtel? Ce ne serait pas la peine d'avoir vendu celui que vous possédiez et que vous avez lâché parce que vous trouviez que c'était trop fatigant de monter des étages !

— Non... Une salle de concert pour musique sérieuse à construire.

✱✱✱

— Encore une nouvelle affaire ! Et je vais être obligé de m'en occuper ?

— Il y a des chances...

— Je finirai par ne plus me coucher... Enfin, c'est bon... Je vais écrire à Mastio... Maintenant, laissez-moi... J'ai des communiqués à faire porter... et vivement... dans les journaux...

— A propos de quoi ?

Posément, avec la placidité d'un chirurgien qui conte une opération suivie de mort, M. Maurice Jivert, administrateur du *Cocorico* et homme de confiance de M. Starckel, expliqua que la femme qui faisait « le Dirigeable », un exercice fort dangereux, avait raté son tour, ce soir :

— Et elle s'est cassé la figure.

— Bah !

— Plus exactement, elle a deux côtes défoncées. Elle écope, aux moins, six semaines de lit... Alors, il faut que j'envoie des notes ou que je téléphone pour que les journaux ne parlent pas trop de l'accident et qu'ils modifient le programme... Au revoir, à demain !...

M. Starckel s'en fut dans les coulisses. En passant dans un corridor sur lequel s'ouvraient des loges, il vit Darcel, un jeune comique, au facies de clown, aux cheveux roux frisés, déjà rares, qui embrassait, à coups de lèvres sonores, une jeune personne, laquelle se tordait de rire. Il reconnut Mlle Léo, qui semblait prendre un vif plaisir à ce genre de distraction.

Puis, il tomba sur un peloton de danseuses, costumées en bergère Louis XVI, qui discouraient, dans un argot bien XXe siècle, sur l'accident arrivé à la femme du dirigeable. Toutes avaient prévu ce qui s'était passé.

— Ma fille, quand all' répétait, j'me suis dit : « V'là une marquise, qu'à faire c'tour-là, qu'all' y laissera sa peau. Aussi, quand j'l'ai vue tomber... » — « Tu l'as vue tomber ? » — « Oui, j'regardais, comme çà, là, par le trou... pour voir si René était bien dans la salle, comme i' m'l'avait promis. » — « Fiche-nous la paix avec ton René !... Conte l'accident. » — « Eh bien ! qu'à s'tenait avec les dents, pas ? Tout à coup, l'dirigeable a monté. Trop vite... Pas comme les autres soirs... Ça y a flanqué une secousse, pas ? » — « Oh ! nous voyons ça ! » — « Alors, bing ! ça y a fait desserrer les dents... All' a lâché le trapèze... Et all' a tombé sur l'escabeau qu'on n'avait pas eu l'temps d'enlever ! » — « Ah ! ma fille ! » — « Tu parles que si all' a eu une secousse, j'en ai ressenti une, moi aussi ? All' a bien resté, une minute, immobile... J'la croyais rincée... Ça m'avait fichu un tel coup qu'i' me semblait que j'avais mon ventre dans ma gorge. » — « Oh ! moi, j'aurais tourné de l'œil. Et après ? » — « Ben ! après, j'sais pas comment qu'à sont bâties, ces gonzesses-là... all' a eu la force de se relever... Oui... ma fille... A s'est recalé sur ses grimpettes... All' a salué le public... Mais, à ce moment-là, si y avait pas eu deux machinistes pour la recevoir, tu parles

qu'à piquait une tête sur le plateau... » — « Est-ce qu'a va clamser ? — « Ça, j'crois pas... Mais a n'est pas près de recommencer ! »

Un souffle d'émotion passa sur le groupe des bergères. De petits frissons firent serrer les épaules nues, tandis qu'un murmure de compassion s'élevait en faveur de la blessée, une Alboche, qui ne disait pas un mot de français, mais qui, douce et gracieuse, avait de jolis sourires pour tout le monde.

— Attention, les enfants! fit l'une des danseuses. V'là les patrons... ces Messieurs !

Les directeurs du *Cocorico*, MM. Tabarra frères, arrivaient en effet, venant des coulisses. L'un, les cheveux crépus, le visage barré d'une moustache aux pointes piquant vers le ciel, un monocle fiché dans l'œil, la poitrine fortement bombée, était grave comme un prince indien. L'autre, plus mince, le dos légèrement voûté, avait un air malin et moqueur, accentué par la vivacité des yeux abrités derrière un binocle. Tous deux, en habit, coiffés de haut-de-forme aux reflets brillants, s'avançaient d'un pas égal, échangeant, avec calme, des paroles laconiques.

Starckel alla à leur rencontre. Dans quel état était la blessée ?

Pierre, l'aîné des Tabarra, dit, en ôtant et en replaçant sur son nez son binocle :

— Ce ne sera pas grave.

En tirant, d'un geste machinal, le bas de sa gilet, Charles, le cadet, répéta :

— Non, ce ne sera pas grave.

Mais le régisseur passait, un gros homme chauve, aux bras courts, au ventre renflé comme celui d'un petit tonneau.

Simultanément, les deux frères lancèrent :

— Marynier ?

Marynier trottina vers eux, ses petits bras collés au corps, les yeux fixes, la bouche close, avec l'attitude roide et déférente d'un soldat interpellé par un général. Que désiraient ces messieurs?

— Marynier, dit Pierre, vous mettrez vingt francs d'amende à cette femme qui doit jouer dans l'opérette... Comment l'appelez-vous ? Léo, je crois...? une blonde, qui parle et crie tout le temps?

— C'est bien Léo... Elle a encore fait du pétard?

— Du pétard? Dites du boucan, du vacarme, un potin de tous les diables...

— Il n'y a pas moyen de la tenir.

— Tandis que nous étions dans la loge de l'Allemande qui vient de tomber, elle se faisait peloter par Darcel dans le corridor... Et elle riait et elle criait si fort que nous n'entendions même plus ce que nous disait le médecin. Quand un accident se produit et qu'on sait qu'il y a une blessée à côté de vous, on doit pourtant avoir de la tenue...

— Oh ! demandez cela à Léo !

— C'est bon... En attendant, vous lui collerez ses vingt francs d'amende... Et dites-lui que si elle recommence, on la sacque...Elle a de la voix, cette femme-là ?

Le régisseur dodelina de la tête :

— Peuh !... Elle a surtout de l'abatage.

— Les femmes qui ont de l'abatage, ça ne manque pas à Paris. Si elle continue, dehors !...

— Très bien... Très bien...

Et Marynier prit le galop, enchanté d'aller porter ces bonnes nouvelles à Léo qui, avec ses allures indépendantes et ses réparties de gavroche en délire, avait le don de l'exaspérer.

Un remuement de châssis et de feuilles dépliées pour la pose des décors, des cris : « Gare ! Gare !» poussés par les machinistes, obligèrent ces Messieurs et Starckel à se déplacer. Ils passèrent des coulisses dans la salle.

Mais, il commençait à se faire tard, et au lieu d'assister à la fin d'un spectacle qu'il avait déjà vu souvent, Starckel s'achemina vers les Variétés.

Quand il y arriva, la pièce venait de se terminer. Sous le péristyle du théâtre, Fanny l'attendait, en compagnie de Maxime Barthy.

— Je vous rends votre femme, dit le revuiste. Je suis très content d'elle... Elle s'est admirablement tenue... Et elle a parlé de vous, tout le temps, en bien !

Et il ajouta, par habitude professionnelle :

— Quoi de neuf ?

— Du neuf... J'en ai à vous apprendre...

Et il mit Barthy au courant du mariage de Germaine Rioux et de Lutzys.

— Ah ça, c'est sensationnel !

Justement, Frantz Davrac passait. Barthy l'appela et lui donna la nouvelle.

— Oh ! fit le journaliste, c'est très intéressant. Je file vite au journal pour l'annoncer... Venez-vous avec moi, Barthy ? Ensuite, nous irons souper.

Le revuiste interrogea du regard Starckel. Les accompagnerait-il ?

Mais celui-ci fit signe que non. Il était fatigué, il devait se lever de bonne heure, *il rentrait à la maison.* Car il connaissait Barthy et Davrac. Quand ils soupaient, ils restaient jusqu'à trois ou quatre heures du matin, sinon davantage, à rire et à bavarder. Et Starckel n'avait pas envie de se coucher à l'heure où, de même que les coqs, les balayeurs chantent, en poussant vers les égouts les immondices et la boue des rues parisiennes.

IV

ON SOUPE

Dans la grande salle de la brasserie blanche et or, aux murs décorés de fresques représentant des dames légèrement vêtues qui folâtrent dans des campagnes vertes à moins qu'elles ne s'ébattent parmi des rondes teintées de bleu, Mlle Léo vient de prendre place, en compagnie de Darcel, de deux autres femmes qui jouent l'opérette avec elle, — la petite Renée et la grande Irma, — lesquelles sont escortées d'un jeune homme très bien, aux yeux caves, au ventre rentré, aux jambes et au buste si minces qu'il flotte dans ses vêtements : baron Desmures de la Forgerie.

Tandis que le baron commande le menu : — « Surtout, qu'on nous donne d'abord de la soupe à l'oignon, avec du fromage, beaucoup de fromage ! recommandent les petites femmes, tandis que sur un bloc-notes le maître d'hôtel crayonne les noms des plats qu'on lui indique.

Starckel rentre chez lui.

Léo reste muette, encore que Darcel lui débite, afin de la voir sourire, ses boniments de comique.

— Qu'est-ce que tu as enfin ? demande Irma.

— C'est-y à cause de ton amende ? interroge Renée.

— Oui.

Des fusées de rires accueillent cette déclaration. Ah ! mince ! Léo « se bile » pour une blague pareille !

— Tu les paieras, ma chère...Tu n'en mourras pas, hein ? Ton amant est là pour un coup... Dis-lui qu'on t'a collé quarante francs d'amende... Tu auras encore vingt francs pour toi.

— Et mettez-les demain sur Seigneurie... C'est raccommodé... mais ça gagne sûr à Auteuil, affirme M. Desmures de la Forgerie, dont l'unique occupation est de faire courir une demi-douzaine de toquards qui n'arrivent jamais.

Léo lève et abaisse ses épaules. Son amende? Elle s'en moquerait, et combien ! si Marynier ne l'avait pas menacée de la flanquer à la porte du *Cocorico*. Et ça, ça l'embête. Car il est capable de le faire, cette espèce de crétin de régisseur.

— Il ne le fera pas.

— Y a pas de danger ...

— Qu'il déclare forfait pour vous? dit le baron. Je paye dix qu'il n'osera jamais.

Ces affirmations n'arrivent pas à convaincre Léo qui essaye vainement de revenir à la gaîté. Elle regarde sans sourciller Darcel, qui, en attendant le potage, fait tenir en équilibre une fourchette sur son nez. Elle remarque même, ce dont elle ne s'était pas encore aperçue, que le visage du comique, orné à l'ordinaire de nombreux boutons, s'est enrichi ce soir d'une collection abondante et variée de nouvelles pustules. Et comme il s'avise de la chatouiller, elle le repousse.

— Est-ce que tu m'en veux aussi? demande-t-il, inquiet.

Sans répondre, elle plonge sa cuillère dans son assiette et se met en devoir d'avaler la soupe à l'oignon.

Mais, cet exercice terminé, à l'instant précis où, avec une serviette, elle essuie ses lèvres délicates, *elle écarquille les yeux et reste, la bouche ouverte*, frappée de stupeur.

Et sa stupéfaction est telle que tout le monde s'en aperçoit.

— Qu'est-ce que tu as encore? On dirait que tu vas étouffer?... demandent à la fois Irma et Renée, vaguement inquiètes.

Léo recouvre l'usage de la parole ; et avec son accent d'apache parisien qu'elle adopte, quand elle se trouve avec des gens de théâtre :

— Ce qui ne passe pas, c'est que je vois là mon amant, avec trois femmes.

Comme tirées par d'invisibles fils, toutes les têtes se retournent vers M. Fourneau qui est en train de remettre son pardessus à la préposée au vestiaire. Les trois déesses qui l'accompagnent se débarrassent de leurs fourrures, en échangeant des propos joyeux. Leurs robes et leurs chapeaux ont un chic suprême.

Très attentionné auprès de ces dames, M. Fourneau s'est assis ; et il a commandé le menu, sans remarquer Léo.

Mais, soudain, il aperçoit deux yeux vert-de-mer qui le fixent. Il pâlit, il rougit, il ne peut porter jusqu'à ses lèvres le bock qu'il tient à la main. Sa maîtresse est en face de lui ! Et, à la façon dont elle le regarde, il devine qu'une scène immine, violente.

Que faire pour détourner l'orage?

Un seul moyen : avoir une explication avec Léo. Mais pas en public. Étant données l'exubérance et la sonorité du verbe de la chère enfant, les soupeurs auraient peut-être l'occasion de trop se divertir à ses dépens.

Il se lève ; et en passant près d'elle, il lui fait signe de le suivre jusqu'au lavabo.

Elle ne met pas longtemps à se décider. A peine est-il entré dans le lavabo qu'elle l'a rejoint.

Et, les bras croisés sur la poitrine, frappant le sol du pied :

— C'est pour te balader avec ces trois poules que tu m'as fait dîner, ce soir, à neuf heures et demie?

M. Fourneau, dont les cheveux blancs encadrent une face rougeande, striée de veinules bleues, ornée d'un nez en pied de marmite, roule des yeux effarés.

— Ne crie pas !... Ne crie pas !... Je vais te dire...

Et il explique, d'une voix sourde et hésitante, que les trois personnes qui l'accompagnent ne sont autres que trois grandes modistes avec lesquelles il est en relations d'affaires.

— Dans la commission, on est obligé souvent de sortir avec ses clientes, tu le sais bien.

— Non !... Je ne le sais pas... Je n'ai jamais été commissionnaire, moi.

— Je croyais te l'avoir déjà dit... Enfin, il faut dîner... les emmener au théâtre...

— Et souper?

— Oui, souper, si elles le désirent... Autrement, on risque de perdre la pratique.

— Tu ne vas pas me faire croire que, parmi les trois, il n'y en a pas une que?...

Il jure ses grands dieux que Léo se met

martel en tête bien à tort. Jamais il n'a courtisé une de ses clientes. Risquer que « tout le Monde de la Commission » le sache et sortir de cette aventure diminué? Ah ! fi !

— En tout cas, mon vieux, si tu me trompais avec une de ces femmes-là, je ne te ferais pas mon compliment... A elles trois, elles ont bien deux cents ans.

— Justement... Et toi, qui en as, à toi toute seule, dix-neuf, tu n'as vraiment pas à être jalouse d'elles.

Cet argument la touche. Au reste, les infidélités de Fourneau lui indifférent. Pourvu qu'avec le négociant de Lille, liaison qu'il ignore, il paye le loyer et les autres frais, tout va bien. Néanmoins, pour le principe, elle continue de simuler la jalousie.

Ennuyé et flatté à la fois d'inspirer une telle passion, l'honorable commissionnaire se dépense en phrases attendries et humiliées. Il demande pardon à Léo de l'avoir fait dîner si tard, mais il espérait qu'à neuf heures, il pourrait quitter les modistes. Hélas ! elles voulaient aller voir la revue des Folies-Bergère, il a bien été obligé de s'exécuter.

— Si tu crois que je m'amuse avec elles ! fait-il avec un air si triste qu'on croirait qu'il vient de perdre toute sa fortune.

— Et moi? reprend-elle, penses-tu que je me divertis?

— Au fait, avec qui es-tu?

— Avec Darcel... des femmes du *Cocorico* et le baron... J'ai été cependant contente de les trouver, ce soir...

— Parce que je t'avais abandonnée?...

— Oui... ensuite parce que j'ai eu des histoires.

Et elle conte son algarade avec le régisseur.

Le « Tit Toutou à sa Tite Tototte » prend une mine affligée. Quel vilain paroissien, ce Marynier ! Est-il possible qu'un homme s'acharne ainsi contre une petite créature si gentille et sans défense?

Il met un billet de cent francs dans la main de Léo.

— Voilà de quoi payer ton amende.

Elle déplie le billet, le contemple un instant ; puis :

— Tu ne sais pas, Toutou?

— Non, Tototte.

— Je voudrais un autre billet pareil... Oh ! ne frémis pas !... C'est au moins la cinquième ou sixième fois que Darcel ou le baron m'invitent... Moi, je ne leur ai jamais rien rendu... Ce soir, je voudrais bien pouvoir leur offrir le champagne.

Enchanté de voir sa Tototte perdre son air sombre et redevenir confiante, M. Fourneau lui donne un second billet.

Il avance les lèvres, elle en fait autant. Un baiser claque.

— A demain, Tototte, je viendrai dîner.

— A demain, Toutou...

M. Fourneau quitte le lavabo.

Quelques instants après, — car elle ne veut pas compromettre son amant auprès des modistes, en sortant avec lui, — Léo revient trouver la bande, qui l'attend avec curiosité.

— On s'est mangé le nez?

— Un peu d'abord... Puis, on s'est raccommodé... Je serais vraiment bête en effet d'être jalouse des femmes qui sont avec Fourneau...

Elle s'assure que son amant ne la regarde pas ; et montrant les deux billets :

— Mes amours, j'ai de quoi payer mon amende... et de quoi vous offrir le champagne... A nous, le Mumm cordon-rouge !

— Alors nous, on ne nous invite pas? fait une voix.

— Ah ! vous êtes là?... Venez donc avec nous...

Et Léo prie Maxime Barthy et Frantz Davrac, qui sont assis à une table voisine, de venir la rejoindre. Ils ne se font pas prier. Maxime prend place aux côtés de Léo, tandis que Davrac se met auprès d'une des protégées du baron.

Léo, ayant reconquis la gaieté, le souper prend une tournure joyeuse. Davrac annonce le prochain mariage de Germaine Rioux avec Lutzys. Aussitôt, les commentaires tombent comme la pluie en décembre.

— Faut en avoir une pochetée pour se marier quand on est au théâtre !

— Surtout avec Lutzys ! Il s'est diverti avec presque toutes les femmes de l'Opéra.

— Si vous croyez qu'une fois mariée, sa fiancée ne marchera pas... quand ce ne serait que pour avoir un rôle.

— Je paierais cent contre un, que dans un an, ils seront divorcés, dit M. Desmures de la Forgerie... Quand ils auront fourni quelques galops sérieux, ils culbuteront au mur en terre...

— De l'adultère... tère... tère... comme la Reine d'Angleterre... terre... terre... chantonne Darcel, qui saisit Léo par la taille et veut l'embrasser.

— Tu n'as pas fini, espèce de daim? Tu oublies donc que mon amant est ici?

D'un coup de hanche, elle fait trébucher le comique, qui se met à pousser des hurlements plaintifs de jeune chien dont on écrase la patte.

Tout le restaurant est en émoi. Seuls Léo et Maxime Barthy ne prêtent pas attention à ces farces. La chanteuse a raconté, encore une fois, ce qui lui est arrivé au *Cocorico*. Et Maxime s'indigne. Jamais, il n'a vu un régisseur aussi dénué d'intelligence que Marynier. Il a une petite femme, pleine de talent et de brio, une petite femme qui fera son chemin comme elle voudra, et il la laisserait partir ! Il faut avoir vécu avec les ânes pour déraisonner ainsi.

— Oh ! je n'ai pas autant de talent que vous le dites ! soupire la chanteuse avec une feinte modestie.

— Allons donc ! Je vous ai entendue répéter... C'est admirable ce que vous faites... Vous n'êtes engagée que pour l'opérette ?...

— Oui...

— Eh bien ! après, ne signez pas avec les Tabarra... Je vous ferai engager dans ma prochaine revue à la Cigale... Vous ne jouerez pas la Commère. Vous serez l'Étoile... Vous paraîtrez six fois au moins en scène dans des numéros que je ferai exprès pour vous...

La poitrine de Léo se soulève et s'abaisse, en mouvements tumultueux d'allégresse. Barthy, un des rois de la revue, lui promet un rôle, et un premier rôle !

L'orgueil et le champagne lui tournent un instant la tête. Elle domine le monde.

Et elle envoie un clin d'œil réjoui à M. Fourneau qui, le souper expédié vivement, se met en devoir d'accompagner ses trois modistes, déjà en marche vers la sortie.

En voyant « le monsieur » de son amie disparaître, Darcel s'est penché de nouveau vers Léo. Mais elle le repousse encore une fois, et d'un mouvement machinal, elle se rapproche de Barthy, dont elle frôle le genou.

En homme bien élevé, celui-ci a bien soin de ne pas déplacer cette partie de sa jambe, et tandis que la conversation reprend, les genoux de la chanteuse et du revuiste semblent, par des tocs-tocs, variés selon les nuances des paroles, faire aussi la causette entre eux.

— Bonsoir, Barthy, tu vas bien ?

Le chapeau à la main, un gentleman, en habit, cravaté de blanc, le visage plein d'une gravité qui contraste avec la gaieté des yeux, salue cérémonieusement le revuiste ; et se redressant de toute sa hauteur, articulant chaque syllabe, comme s'il modulait des alexandrins, il demande, en jouant avec le cordon de son monocle :

— Est-ce vrai ce qu'on vient de m'apprendre au Club de la Musique et des Arts ? Le mariage de la petite Rioux avec Lutzys ?

— Très vrai.

— Quelle sottise ! Aller épouser un chanteur, quand on est comédienne !

— Ah ! elle eût certainement mieux fait de prendre comme époux un artiste du Français, riposte Maxime avec une ironie que l'autre ne remarque pas.

— Certes, mon cher. N'importe lequel de nous eût donné des leçons et des conseils qui eussent été profitables à cette jeune fille, au point de vue de son art... tandis que Lutzys !

Et sachant ce qu'il voulait savoir, il s'en va, après un nouveau salut très cérémonieux à l'adresse de Maxime et de Léo, qu'il a, tout en parlant, monoclée avec complaisance.

— Qui est-ce ? demanda la chanteuse.

— Saint-Alvar, de la Comédie-Française... Il joue les jeunes premiers, quand les chefs d'emploi lui en laissent le loisir. Comme il est très musicien, il collabore quelquefois à des revues... C'est lui qui choisit les timbres... Il fait aussi des petites machines en vers...

— C'est de cette façon que vous vous êtes connus ?

— Oh ! non... Nous avons été au lycée ensemble...

— Est-ce qu'il était déjà aussi poseur ?

Maxime eut un petit rire :

— Poseur ? Il ne l'est pas du tout dans l'intimité... Seulement, pour la galerie, il s'applique à avoir l'air Théâtre-Français. « Ne bougeons plus. Et soyons hommes du monde !... » Il a raison... Chaque théâtre ne marque-t-il pas d'un cachet spécial ses artistes attitrés ?

— Ça ne fait rien... Je ne voudrais pas l'avoir dans mon lit... J'aurais peur qu'il ne me glace.

— Tous les hommes ne sont pas de feu...

— Comme certain que je connais.

Et Léo de lorgner, en riant, Maxime. Ah ! le bandit ! Il n'est pas né au pôle Nord, celui-ci ! N'a-t-il pas eu l'aplomb de passer son genou sous sa cuisse à elle, de telle sorte qu'elle a l'air de jouer, comme les gosses : « À dada, sur mon cheval » ?

Cette situation de demi-amazone ne lui déplaît d'ailleurs pas.

Les boutons de Darcel lui répugnent. En outre, ce soir, elle le trouve stupide. Il lance, à jet continu, des calembours ineptes, et il ne conte que des histoires qu'elle lui a entendu narrer déjà cent fois.

Barthy, au contraire, a un visage bien rasé, indemne de toute rougeur, un joli petit museau qu'il doit faire bon d'embrasser. Et puis, il ne la regarde pas comme une artiste « à la manque ». Il veut la lancer. Elle peut bien faire quelque chose pour lui. Aussi, de temps en temps, tout en parlant, elle lui serre avec éloquence la main sous la table.

Attentif à ce que ses clients ne connaissent pas les tortures de la soif, le sommelier verse avec abondance le Mumm cordon-rouge dans les verres. Sous l'émoustillement du champagne, dans la lourdeur de la salle surchauffée, les visages se congestionnent, les yeux brillent, les langues fonctionnent fébrilement.

Soudain, la grande Irma, dont les joues ont pris la belle couleur écarlate des deux douzaines d'écrevisses qu'elle vient d'offrir à son estomac, s'écrie avec éclat :

— Ah ! non, ma chère ! c'est à moi, ce soir.

— Non, répond Renée.

— Si.

Irma en colère, frappe du poing sur la table avec une telle force que le baron l'invite au calme.

— Pourquoi emballe-t-elle ainsi ?

— C'est Renée qui dit qu'elle ronflera, cette nuit, avec toi.

— Eh bien ?

— Ça n'est pas son tour.

— Ah ! fait tranquillement M. Desmures de la Forgerie qui, en homme ayant des principes, n'emmène jamais chez lui les deux femmes à la fois et se contente de leur accorder ses faveurs à tour de rôle. Je croyais bien, comme Renée, que c'était elle qui devait galoper.

Irma riposte que ce serait une infamie. Pendant deux jours, elle a été malade. Pendant ces deux jours, son amie a tenu compagnie au baron.

— Tu m'as emmenée hier... Mais j'ai droit encore à une fois... Je partirai tout à l'heure avec toi.

— Des nèfles ! répond Renée.

Irma, que le champagne travaille, s'est mise debout et montre le poing à son amie, qui, malgré sa petite taille, ne paraît éprouver aucun sentiment de peur. Elle a un malicieux sourire, et ratissant avec son index gauche son index droit, elle chantonne :

— Bisque... Bisque... rage ! Tu mangeras du fromage... Et moi, j'irai avec le baron... Poil au menton...

Furieuse, Irma s'allonge sur la poitrine de son amant qui la sépare de Renée et elle lance une gifle destinée à caresser les joues de sa rivale. Mais celle-ci, qui a vu l'attaque, s'est jetée de côté. La main d'Irma s'agite inutilement dans le vide, tandis que l'autre continue de chantonner : « Bisque... bisque, rage ! Tu ne m'as pas touchée... Poil au nez. »

— Je te rattraperai, ne crains rien... Je te rattraperai !

— Tu ne vas pas te mettre au repos, toi, à la fin ? dit M. Desmures de la Forgerie.

Et saisissant Irma par le bras, il l'asseoit d'un coup sec sur sa chaise :

— J'en ai assez de votre match... Si tu continues, je vais te mener à la cravache.

Brisée par tant d'émotion et les paroles si dures de son ami, Irma se met à fondre en larmes. Hi ! hi ! Il ne l'aime plus. Elle savait bien que Renée était sa préférée. Celle-ci a profité de ce qu'elle était malade, pour le lui enlever. Hi ! hi ! c'est toujours comme ça, les amies. On croit qu'elles vous aiment, elles ne cherchent qu'à vous faire des saletés.

— T'es blindée, ma fille, riposte Renée. T'es même bien mûre pour dire des choses pareilles...

Irma se relève péniblement. Elle saisit un verre ; et d'une voix pâteuse qui dénote que son amie ne s'est pas trompée sur son état :

— Répète-le un peu pour voir que je suis blindée...? Répète... Je te casse ce verre-là sur la figure...

Renée, qui a fini par s'exciter, se lève à son tour, dans une attitude de défi. Elle prend une bouteille de Mumm :

— Lance-le donc ton verre...? Si tu fais ça, je te démolis le crâne avec la bouteille.

— Ah ! çà ! hurle le baron, en empoignant chacune des femmes. Allez-vous me flanquer la paix toutes les deux ?

Tout le monde est debout. Barthy enlève le verre des mains d'Irma qui se débat, en jurant, Davrac désarme Renée qui ne tient pas d'ailleurs à assommer son amie.

Au milieu du bruit, des jurons, des chaises remuées, Léo finit par dire :

— Il y a un moyen de vous arranger... La

prochaine fois que Renée sera malade, Irma aura droit à deux nuits. N'est-ce pas, Desmures ?

Celui-ci accueille cette proposition avec enthousiasme. Renée y souscrit, Irma, après une lutte intérieure, s'y rallie.

Alors, Darcel :

— Réconciliez-vous maintenant.

Renée quitte la table et vient se jeter au cou d'Irma, qui, touchée par un si beau geste, se

Sur le boulevard une dame âgée entretient un sergent de ville.

laisse vaincre. Des joues se frottent, des baisers claquent.

Monté sur sa chaise, le comique étend les bras :

— Que la paix éternelle soit en vous !

Il fait le simulacre de les bénir ; puis, en imitant avec sa bouche les sons de plusieurs instruments, il entonne un finale de revue qu'il accompagne d'un pas de gigue.

Mais, soudain, la chaise bascule, le comique vacille, perd son équilibre, et tombe le nez sur la table, cassant des verres, renversant des bouteilles, faisant rouler à terre des assiettes, pour s'effondrer enfin aux pieds de Léo qui lui assène, entre les omoplates, un coup de poing formidable.

L'imbécile ! En tombant, il a renversé une bouteille de champagne sur sa robe. Le corsage et la jupe sont tachés. C'est un costume perdu.

Il se relève, en s'efforçant de crâner et de grimacer :

— Ne vous fâchez pas, princesse. Avec de la poudre de Perlinpinpin que j'ai toujours dans ma poche, je vous enlèverai ça comme avec un rasoir.

Mais elle est trop heureuse d'avoir un prétexte à discussion qui lui permettra de semer le comique et de s'en aller avec Maxime.

Elle exagère son indignation. Elle en a assez de ses pitreries. S'il se croit rigolo, il se monte joliment le cou.

— Ça n'est pas toi qui remplaceras ma robe et ma jupe, hein ? Pas plus que tu ne m'as offert de me payer les vingt francs d'amende que j'ai écopés, ce soir, à cause de toi... oui... à cause de toi ? Tu n'y as même pas pensé, je parie.

Un étonnement profond se lit sur le visage du comique. En effet, l'idée de payer l'amende d'une camarade ne lui est jamais venue ; et la réflexion de Léo lui semble tellement prodigieuse et anormale, qu'il part d'un fol éclat de rire. D'où sort-elle ? Qui donc l'a instruite des choses de théâtre ?

— Tu ris ? Tu trouves ça drôle ?... Couvée de dindons, va !... Et, non seulement il me fait emboîter par le régisseur... mais il faut qu'il me compromette devant mon amant... Tout à l'heure, il voulait m'embrasser à son nez et à sa barbe...

— A un moment où il ne nous regardait pas...

— Et s'il avait levé les yeux ? Ç'eût été joli... Il est jaloux comme tout... Il aurait été capable de me plaquer... Ce n'est pas toi qui m'aurais entretenue !...

La discussion menaçait de devenir de plus en plus violente, quand un maître d'hôtel s'approcha. Trois heures venaient de sonner. La brasserie fermait. Il montra la porte aux soupeurs qui, après ces scènes successives, susceptibles d'amener des choses fâcheuses, ne demandaient pas mieux que de se séparer.

Sur le boulevard, Darcel voulut prendre le bras de Léo.

— On n'est plus fâché ? On s'en va ensemble ?

Elle retira son bras, et sèchement, elle le pria de continuer son chemin, seul.

Elle rentrait chez sa mère ; et Barthy l'accompagnerait :

— Pourquoi, Barthy ?

— Parce que nous habitons la même maison.

Et, sans plus d'explication, elle sauta dans un taxi. Maxime s'engouffra près d'elle au petit galop.

Quand la voiture qui, conduite par un cheval à trois pattes, avançait cahin-caha, se trouva dans une rue latérale au boulevard, Léo se tordit. A travers la portière, elle avait suivi de l'œil le comique qui demeurait sur le trottoir, les bras ballants, le chapeau en arrière, tout penaud de se voir abandonné ainsi.

— Il en fait une tête !

Mais, sentant le bras de Maxime qui lui ceinture vigoureusement la taille ; et répondant à l'appel de deux lèvres qui cherchent les siennes :

— Ne pensons plus à ce pitre.

Et elle se blottit contre le revuiste.

Comme ils arrivent au bas de la rue Blanche, le canasson du taxi, probablement désireux de prendre du souffle, afin de gravir la montée, marque un temps d'arrêt.

Léo met la tête à la portière ; mais, aussitôt, elle se rejette dans le fiacre, en poussant un petit cri.

— Qu'y a-t-il ?

— Rien... rien...

— Est-ce que Darcel nous aurait suivis ?

— Oh ! non.

— Explique ?

— Tu ne le raconteras pas ? C'est bien vrai ?... Alors, regarde.

Elle montre une dame âgée, tout de noir vêtue, qui, *sous la clarté tremblotante d'un bec de gaz,* cause, amicalement, avec un gardien de la paix.

— Je la reconnais... Je l'ai vue quelquefois à ta fenêtre... C'est ta femme de charge...

— Ah ! avec toi, je n'ai pas de chiqué à faire... Tu sais bien que c'est maman...

— Parbleu !... Mais qu'est-ce qu'elle fait là ? Auriez-vous été cambriolées ?

Léo se frappe sur les cuisses et rit à gorge déployée... Cambriolées ! Il n'y a pas de danger. Madame Mère a trop de relations dans la police pour qu'un événement aussi fâcheux puisse se produire.

— Tu vas comprendre tout de suite... Elle a une passion pour les sergots.

— A son âge ?

— C'est peut-être parce qu'elle a cet âge-là... Elle en connaît trois ou quatre dans le quartier. Alors, si je ne rentre pas et si elle sait qu'il y en a un de service... (elle est ferrée sur le roulement...) elle vient lui tenir compagnie... Et quand il a fini son service, elle part avec lui...

Et avec une feinte mélancolie :

— Ça va me coûter encore cent sous... Un litre de rhum à quatre francs et deux paquets de tabac à cinquante centimes pour le flic...

— Il faut bien que vieillesse s'amuse ! dit Maxime, en la reprenant dans ses bras.

Lorsqu'une demi-heure après, la chanteuse eut fait le tour de l'appartement du revuiste, elle se répandit en des manifestations violemment admiratives. N'étant plus en présence de gens qui eussent blagué son accent marseillais, elle se laissait aller à son méridionalisme et à son verbe originel.

Que Maxime avait donc de goût ! « Positiviminitte », son habitation était un véritable petit nid. Le salon blanc Louis XV, le cabinet de travail Premier Empire, et la chambre à coucher Louis XVI, avec son grand, son vaste lit, autant de pièces qui étaient des merveilles !

— Les rois ne sont pas mieux logés que toi, mon chéri.

Mais, tout en parlant, elle s'était vivement débarrassée des vains ornements qui la couvraient. Ce en quoi, Maxime l'avait non moins rapidement imitée.

Elle vint offrir sa poitrine ; et tandis qu'il sentait le mouvement rythmique des seins se soulevant et s'abaissant, elle murmura, ne perdant pas la tête et songeant au rôle qu'il lui avait promis :

— Ce sera pour bientôt, ta revue ?

— Certainement.

— Eh bien ! je suis très contente qu'on se connaisse, cette nuit... De cette façon, tu pourras me faire un rôle vraiment à ma taille.

— Elle doit mesurer cinquante-cinq... répondit Maxime, qui la tenait entre ses doigts et ne paraissait pas décidé à l'abandonner de si tôt.

Vers les neuf heures du matin, un coup de sonnette les réveilla.

— Sapristi ! fit le revuiste, en s'éveillant avec une mauvaise humeur d'autant plus compréhensible qu'il ne dormait pas depuis longtemps, qui peut carillonner ainsi ?

En même temps, retentit une tambourinade de coups de poing, vigoureusement appliqués contre une porte.

— C'est à la cuisine qu'on sonne... Mon domestique sera encore descendu faire la causette avec les bonnes et les femmes de chambre de la maison... Il les connaît toutes... Et toutes lui courent après... L'animal ! Il va me forcer à me lever.

— Mais non, mignon, laisse-moi... Je vais voir...

D'un bond, Léo saute sur le tapis, enfile ses bottines ; et, en chemise, les cheveux écroulés sur les épaules, *elle se dirige vers la porte où* retentissent, dans une alternance régulière, les coups de sonnette et les coups de poing.

— Qui est là ?

— Moi... J'apporte le courrier.

Elle reconnaît la voix, la voix de Jean.

— Vous en faites un boucan !... Vous réveilleriez des morts.

En femme que l'habitude des coulisses a rendue impropre aux accès de pudeur, elle ouvre la porte.

En la voyant dans un endroit où il s'attend si peu à la rencontrer, l'Auvergnat écarquille des yeux immenses.

— Mademoiselle Léo !... Vous ici ?...

— Oui... c'est moi... Et après ?

— Ah ben ! Ah ben !... Si je m'attendais !

Son regard embrasse la chanteuse, depuis le front jusqu'aux pointes des bottines. Un flot de sang lui empourpre tout le visage. Il porte la main à son cou, comme un homme menacé d'apoplexie.

Il reprend enfin du souffle ; et en proie à la plus violente extase :

— Bon Dieu ! que vous êtes bien faite !

— Tu trouves ?

— Et quelle poitrine !

— Gourmand ! Tu en voudrais bien une pareille ?...

En riant, elle prend le courrier, et ferme la porte au nez du domestique, et elle s'en vient rejoindre Maxime, en criant :

— Demandez *La Presse, l'Intransigeant, Paris-Sport...* Les dernières nouvelles.

Elle jette sur le lit les journaux et les lettres, envoie ses bottines à travers l'espace, se coule dans le lit et se pelotonne de nouveau contre Maxime.

Il prend le paquet d'imprimés et de missives, et il envoie le tout rejoindre les bottines de Léo :

— Je lirai ça plus tard... Il n'y a jamais rien dans les journaux qu'on ne sache la veille... Quant aux lettres, la plupart ne doivent contenir que des demandes de places... si ce n'est des tapages d'argent... Nous avons autre chose à faire que de nous occuper de cela...

Et jouant avec les cheveux de la chanteuse qu'il s'amuse à faire bouffer sur les côtés :

— Tu déjeunes avec moi ?

— Si tu veux.

— A quelle heure, ta répétition ?

— Deux heures.

— Alors, on se lèvera à midi... Léo ?

— Coco ?

— Encore dodo ?

— Oui, mon Toto.

•

V

PAR ELLE !

Dès qu'elle eut franchi le seuil de l'entrée des artistes, Mⁿᵉ Germaine Rioux se rendit compte de l'émoi que l'annonce de son mariage provoquait dans tout le Grand-Théâtre.

Le concierge qui l'avait appelée pour lui remettre les cartes de visite, lui montra, déplié sur une table, le *Cinéma-Journal* auquel collaborait Frantz Davrac :

— Nous avons appris la nouvelle, ce matin, par ce journal... C'est rudement heureux pour mademoiselle !... J'ai vu et entendu M. Lutzys... Pour moi, c'est le roi des Ténors... Il est superbe... Avec mademoiselle qui est si belle, quel couple admirable ça fera le jour de la noce !

Puis, désignant les cartes de visite que Germaine tenait à la main :

— Il est déjà venu un certain nombre de reporters pour interviewer mademoiselle... Je leur ai dit que vous étiez en scène et qu'ils reviennent à cinq heures... Comme ça, ils ne vous embêteront pas, pendant la répétition.

— Ils ont déjà commencé.

✳✳✳

A la vérité, les interviewers ne l'ennuyaient pas du tout. Elle en avait reçu plusieurs dans la matinée et tout en déclarant que l'acte qu'elle accomplissait était d'ordre privé et n'intéressait pas le public, elle répondait le plus gracieusement du monde aux questions qu'on lui posait, donnait toutes les photographies qu'on lui demandait, et avec mille sourires, elle reconduisait ses visiteurs jusqu'à la porte de l'antichambre. N'atteignait-elle pas enfin son but? Ce soir, demain, tous les journaux parleraient d'elle. Son nom, qu'elle n'avait vu imprimé que dans des feuilles de province, s'étalerait, avec son portrait, dans les grands quotidiens qui distribuent la notoriété et la gloire.

Elle faisait tous ses efforts pour garder une physionomie calme ; mais le feu de son regard, le sourire qui se dessinait sur ses lèvres, décelaient la joie folle qui l'envahissait. Célèbre ! Elle allait commencer de devenir célèbre.

Un peu de reconnaissance lui venait à l'égard du ténor qui lui valait cette aubaine. Seul sentiment qu'elle éprouvât vis-à-vis de lui. Non pas qu'elle le trouvât déplaisant et qu'elle ne fût pas prise, comme le public, aux charmes de sa voix, quand il chantait.

Mais ce n'était pas le cœur qui l'avait portée vers lui : la raison l'avait fait seulement agir.

Depuis le jour où elle avait connu Lutzys, à Luchon et où ses parents, malgré leurs principes, avaient consenti, à cause de sa notoriété et de ses manières distinguées, à le recevoir, elle avait compris tous les bénéfices qu'elle retirerait d'une union avec un artiste aussi considérable.

Elle avait simulé la passion. Mais, pas un instant elle n'avait été sincère. Elle trouvait Lutzys déjà un peu trop marqué. Puis il abusait du droit que toute créature humaine a de parler de soi. « Lui, Toujours lui ! » C'était, au point de vue des batailles théâtrales, un type dans le genre de Napoléon.

De son côté, Lutzys était-il féru d'elle? Elle ne l'eût certes pas juré. Il devait la trouver jolie et élégante. Mais il avait connu tant de femmes jolies et élégantes ! Ce qui avait dû le déterminer au mariage, c'était surtout l'entrée dans une famille de grande bourgeoisie, au nom fameux dans l'industrie, aux relations puissantes. Avoir débuté comme apprenti tonnelier à Bordeaux et arriver en vainqueur, à un mariage à la Madeleine auquel assisteraient des ministres, des diplomates étrangers et une foule de notabilités parisiennes, spectacle curieux et amusant qu'il s'offrirait en dilettante! Car il n'ignorait pas le dilettantisme.

Dès que l'apprenti tonnelier s'était mué en élève du Conservatoire, il avait, en effet, par une ténacité rare chez les chanteurs, complété son instruction, passant son baccalauréat, et pour se différencier de ses camarades, se faisant recevoir licencié en droit. Par la suite, il avait appris l'allemand et l'italien afin de pouvoir chanter dans ces deux langues.

Et grâce à cette culture, à ses voyages, son commerce avec des gens corrects, grâce aussi à des cachets élevés qu'il avait gagnés presque à ses débuts, ses goûts s'étaient affinés ainsi que ses manières, sa souplesse physique équivalant à celle de son esprit.

— Mademoiselle, M. le Directeur veut vous parler... Il vous attend dans son cabinet.

Cassé en deux, pour bien marquer sa déférence et trottinant comme un Chinois d'opérette, un garçon de bureau introduit Germaine auprès de Barbet, directeur dont le visage respire constamment la douceur et l'amabilité.

— Ma chère enfant, j'ai appris votre mariage !... Est-ce vrai?

— Très vrai.

— Tous mes compliments... Vous avez fait là une chose unique ! Je suis venu à pied au théâtre. Toutes les personnes que j'ai rencontrées, ne m'ont parlé que de vous.

— Il en a été de même pour moi, ajoute M. Nathan Rosenbaum, l'auteur de *Par Elle* ! la pièce que Germaine doit jouer.

Et M. Nathan Rosenbaum de frotter un crâne, poli comme un miroir, qui surplombe un visage, au nez bien abrahamesque.

— Une chose unique !... Oui, c'est unique ! reprend Barbet. Vous auriez épousé le Président de la République... vous n'auriez pas eu plus de réclame.

Il se frotte les mains, il se renverse dans son fauteuil, envahi, à la fois, par l'admiration et par l'allégresse.

En ce moment, il n'existe pas, à ses yeux, d'artistes qui vaillent Germaine. Première raison : il a reçu dans la matinée la visite de Starckel qui lui a dit que M. Rioux mettait cinquante mille francs dans son affaire. Seconde raison : le bruit fait autour du nom de sa pensionnaire provoquera la venue d'un nombre considérable de spectateurs. Il le sent. Germaine lui apporte la Veine. Et lui qui, la veille, était indécis et se demandait s'il n'allait pas lui retirer le rôle pour le confier à sa maîtresse, Angélina Basquier, est maintenant complètement retourné. Il déclare que Rioux a des dons extraordinaires : du chic, du charme, du mordant, de l'abatage, et dans les scènes de passion, une vigueur et une fougue que, depuis longtemps, il n'a rencontrées chez aucune femme.

— Avant six mois, toutes les comédiennes connues ne pourront plus la souffrir, n'est-ce pas, Rosenbaum?

— Avant six mois? Dites à partir d'aujourd'hui. On doit déjà la débiner... Et le débinage, c'est la preuve du succès.

Mais, comme il voyait que Barbet allait, de nouveau, discourir, Nathan Rosenbaum tira, — homme pratique qui n'aimait pas perdre son temps, — une montre de son gousset.

— Il est une heure et demie... Si nous allions répéter... ?

A peine Germaine a-t-elle mis le pied sur le plateau qu'elle est entourée. Tous les camarades qui jouent avec elle dans la pièce, la congratulent, tandis qu'un peu à l'écart, des machinistes, un garçon d'accessoires, le souffleur, un manuscrit à la main, la contemplent comme un phénomène.

Au milieu d'embrassades et de serrements de mains, elle entend : « Comme je suis heureuse de vous... ! » — « Vous savez, ma chère amie, tout ce que je vous souhaite. » — « On rencontre peu de maris comme le vôtre... Un chanteur doublé d'un comédien. » — « Un talent ! » — « Dites du génie ! » — « Et lui, quelle charmante femme il aura ! » — « Vous êtes si gentille ! » — « Et si artiste !... » — « Jamais, on ne croirait que vous avez fait si peu de théâtre ! » — « Elle est née comédienne. » — « Oui, d'elle-même, elle trouve des choses !... Ainsi, hier, dans la scène du trois, quand elle veut rompre avec son amant et qu'elle lui lance... Je ne me rappelle plus exactement les paroles... enfin, ça signifie : « Fiche-moi le camp ou je me jette par la fenêtre... » elle a eu un mouvement et un cri !... Ça m'a révolutionnée. » — « Oh ! c'est couru ! Le soir de la première, elle peut être sûre d'un succès ! » — « Au fait, est-ce que vous vous mariez, avant ou après que *Par Elle* soit passé ?... Avant ?... Vous avez bien raison. » — « Et où la cérémonie nuptiale aura-t-elle lieu ? A la Madeleine ? C'est bien ce que je pensais. » — « Il faut une grande église... Il y a tant de monde ! »

Et les phrases de s'entre-choquer, dans une tumultueuse cacophonie où les femmes lancent les notes aiguës et, les hommes, les notes basses. Angélina Basquier, qui donnerait tout pour que Germaine fût, au sortir de la répétition, écrasée par une auto, est la plus louangeuse et la plus dithyrambique. Yves Falloux, qui tient le rôle de l'Amant, et qui, craignant que le succès de la débutante ne nuise au sien, n'est pas loin de partager les sentiments d'Angélina, se dépense en mamours et en flagorneries. Quant aux autres, s'ils ne sont pas aussi furieux qu'Angélina et Falloux, ils éprouvent de petites morsures de jalousie et d'envie qu'on ne devinerait pas à voir leurs visages riants et ravis.

Mais le régisseur crie :

— Place au théâtre !

— Par quoi commence-t-on ? demande Yves Falloux.

— Par le trois.

Tandis que quatre interprètes, dont Germaine et Falloux, restent en scène, le reste des artistes se retire dans les coulisses. Alors, aux compliments succède entre ceux-ci, un éreintement sérieux de la débutante. Si ce n'est pas honteux

Léo va ouvrir à Jean.

de voir une chose pareille ! Aller confier un premier rôle à une femme qui a les gestes en bois, qui bafouille et qui ne sait même pas marcher en scène ! Désireux de faire leur cour à la patronne, la plupart s'indignent qu'on n'ait pas donné le rôle à Angélina Basquier. Elle a tout pour le jouer. Elle en aurait fait une création admirable. Tandis que l'autre « flanquera tout par terre ». Et si elle écope, tant mieux. Ce serait trop commode parce qu'on est une jeune fille du monde et qu'on a de la fortune, de s'improviser, en deux temps et trois mouvements, comédienne. A quoi bon alors avoir travaillé, comme tous ceux qui sont là, pendant dix ou vingt ans ?

Mais le dénigrement n'est pas sur le point de prendre fin.

Une voix acidulée, celle de Martinette, qui, à cause d'un embonpoint prématuré, se désole d'être obligée de renoncer bientôt à l'emploi des ingénues, demande : « Est-ce qu'elle va se marier en blanc ? » — « Certainement », répond Angélina. C'est alors une joie générale. Pauvre Lutzys ! S'il croit qu'il épouse une vertu, il fait preuve d'une naïveté alarmante. Dans les salons qu'elle a fréquentés, Germaine a dû avoir de nombreux flirts ; et l'on sait ce que sont les flirts de maintenant ! Mais, de plus, nul n'ignore que son professeur, Barthélemy, de la Comédie-Française, qui l'a emmenée en tournée, l'a honorée de ses faveurs. Il l'a raconté à qui a bien voulu l'entendre.

— C'est dégoûtant ce que vous dites là... Il n'y a rien de vrai dans tout cela...

Tout le monde se tourne vers celui qui vient de parler et qui, tandis que les autres discouraient ou riaient, a constamment gardé le silence. Les mains dans les poches, le dos voûté et le ventre rentré, avec son visage glabre, taillé à coups de hache, avec les profondeurs caverneuses de ses yeux, sa bouche crispée, il ressemble à un banquier de mélodrame, qui aurait été élevé à l'école de Rodin. Et la franchise de ses paroles, prononcées lentement, avec, parfois, la lourdeur traînarde d'un terrien, contraste avec ses gestes hésitants et son air jésuitique.

— Voyons, Rhigault, ne nous raconte pas de blagues !

Des blagues? La physionomie du grime se transforme. Au fond de leurs cavernes, les yeux flambent de sincérité, les gestes perdent de leur hésitation, l'indignation l'embellit :

— Jamais la petite Rioux n'a été la maitresse de Barthélemy... Vous dites qu'il l'a raconté à qui a bien voulu l'entendre? Qui de vous l'a entendu? Barthélemy et moi, nous nous voyons, sinon tous les jours, au moins toutes les semaines... Il m'a toujours déclaré que la petite se conduisait admirablement... Et il n'a pas pensé un seul instant à lui faire la cour... Taisez-vous donc sur ce sujet !... Criez, tant que vous voudrez, que Germaine n'a pas de talent... Mais n'allez pas la salir... Si elle veut prendre des amants, elle aura bien le temps de le faire... Ne lui en prêtez pas encore... quand vous savez, tous, que c'est faux...

La sortie du grime avait étouffé les rires. Il y eut quelques vagues protestations et quelques haussements d'épaules. D'aucuns estimaient que Rhigault était jobard et vieux jeu. Mais l'autorité qu'il avait acquise au cours d'une carrière remplie de succès, sa franchise et sa loyauté en imposaient. Angélina Basquier, elle-même, n'osa pas élever la voix.

D'ailleurs, le régisseur arrivait, en agitant les bras pour indiquer qu'on fît silence :

— Ne parlez pas si haut, nom d'un chien !... On ne s'entend plus... Le patron est furieux.

Les comédiens se dispersèrent, les uns, montant à leurs loges, les autres, s'asseyant par petits groupes, en attendant le moment de leurs entrées.

Adossée contre un portant, presque en scène, écoutant distraitement les répliques que s'envoyaient ses partenaires en train de répéter, — répliques qu'elle connaissait par cœur, — Germaine laissait errer son regard sur la salle, qui,

dans les premiers plans, apparaissait, comme moutonnant de vagues grises, à cause des bandes de toile jetées sur les fauteuils, pour les défendre contre la poussière. Quelques dorures scintillaient aux avant-scènes. Plus loin, ce n'était que du noir, dans lequel se découpaient à peine les rebords et les cloisons des baignoires et des loges. Une tristesse profonde, la tristesse des endroits qui, emplis de clarté et de rumeurs frémissantes à certaines heures, sont tout à coup envahis de ténèbres et de silence, pesait sur cette salle, aux relents humides de cave.

Mais, soudain, une porte grinça. Germaine vit se dessiner dans une baignore une forme masculine. Elle entendit le bruit d'un sac d'outils tombant sur le parquet ; et elle aperçut, blanc, dans l'ombre d'une baignoire, un visage d'ouvrier, coiffé d'une casquette, qui contemplait avec intérêt le dos du directeur et celui de l'auteur, assis devant une petite table, à l'avant-scène. Près d'eux, se tenait le souffleur qui, le nez collé sur le manuscrit de la pièce, lançait, invariablement, aux artistes, les répliques dont ils n'avaient pas besoin, tandis qu'il se gardait avec un soin jaloux d'envoyer celles qui eussent été nécessaires.

Dans un décor qui n'était pas celui de *Par Elle !* planté seulement pour familiariser les comédiens avec les entrées et les sorties, meublé d'une table de bois blanc, destinée à représenter un monumental bureau-ministre, de deux chaises, posées l'une à côté de l'autre, qui figuraient une bergère, de trois autres, qui remplaçaient un divan, et d'autres encore qui simulaient des fauteuils, Yves Falloux allait et venait, se livrant à une mimique, par laquelle il dépeignait ses états d'âme.

D'après le thème de la pièce, il venait d'apprendre qu'il était ruiné. A moins de se faire sauter la cervelle, il n'avait plus qu'un parti à prendre pour refaire sa fortune : épouser la fille d'un industriel pour lequel il professait le plus vif mépris.

Mais il avait une maîtresse, une femme mariée qui l'adorait. Comment allait-il la mettre au courant de ce qui se passait? Et avertie, que ferait-elle?

Yves Falloux s'était arrêté. Sa physionomie mobile exprimait ses sensations et ses sentiments sans exagération, avec une sobriété de grand comédien.

— Attention, Rioux, c'est à vous ! fit le régisseur.

Déjà, Germaine entrait, avec la désinvolture joyeuse de la maîtresse arrivant à un rendez-vous impatiemment attendu. Après avoir fait le simulacre de relever une voilette absente, elle tendit son visage vers Falloux, dans un joli élan qui fit valoir la cambrure des reins et la sveltesse de la taille :

« — Bonjour, chéri? Comment vas-tu aujourd'hui? »

Le directeur, qui avait quitté la table, la saisit par le bras :

— Ma petite chatte, approchez-vous davantage de Falloux... Parlez-lui les yeux dans les yeux... Vous n'avez qu'une idée, en le voyant... C'est de lui sauter au cou... Lui, au contraire, va reculer... Et, plus il se recule, plus vous avancez.

Au fur et à mesure qu'il parlait, elle suivait ses indications, les exécutant avec une rare adresse.

— Très bien... très bien ! fit Barbet.

Après avoir embrassé son amant, après avoir retiré son manteau et son chapeau, tout en virant dans la pièce et en bavardant, elle finissait par remarquer que son amant semblait soucieux. Elle lui demandait :

« — Oh ! pourquoi cette ride au milieu du front et ce regard sévère ? »

— Ah ! non ! pas ainsi ! interrompit Barbet. Vous demandez cela sur un ton trop grave. Ayez de l'enjouement... Vous êtes encore tout au plaisir de le retrouver... Vous ne vous doutez pas qu'il est sous le coup d'une catastrophe... Envoyez votre réplique sur un mode plaisant...

Léger... Léger... Vous m'avez compris ?

— Oui...

— Eh bien ! reprenez... Retournez près du canapé... Quelle est votre réplique, Falloux ?

« — Ainsi la soirée des d'Entraigues fut sinistre ?... Je connais des après-midi sinistres aussi. »

Germaine, qui était retournée près du canapé, fixait le directeur qui, avec l'intonation nécessaire, répétait les phrases que le jeune premier venait de prononcer.

Elle quitta le canapé, fit quelques pas en avant ; et tel un phonographe, elle répéta, à son tour, les phrases avec l'intonation que venait de leur donner Barbet.

— Très bien, ma petite chatte, très bien.

Il vint jusqu'à Nathan Rosenbaum, à l'oreille duquel il glissa :

— Quelle intelligence elle a, hein ?... Une indication... et crac ! ça y est... Elle fait tout ce qu'on lui demande.

L'auteur ne souffla mot. Il était moins emballé que le directeur. Jusqu'à cette répétition, il l'avait toujours vu indécis et flottant à l'égard du talent de Germaine.

Aussi, malgré qu'il fût plutôt porté à reconnaître les réelles qualités de son interprète, il

La répétition.

restait sous le coup de cette indécision et il hésitait à se prononcer définitivement. Les revirements d'opinion ne s'opéraient pas en lui avec la même facilité que chez Barbet. Dans les passages de légèreté et d'enjouement, Germaine se montrait charmante ; mais il l'attendait à la fin de la scène, au moment où il faudrait de la force et de la vigueur, des cris d'amoureuse révoltée et affolée, qui, se voyant sur le point d'être abandonnée, veut se suicider.

— Attention ! vous allez vous cogner contre la table, fit le directeur. Cette fois, vous vous approchez trop de Falloux... Vous ne viendrez vers lui que lentement... peu à peu... Tenez... comme ceci.

Il prit la place de Germaine et commença de marcher, en bredouillant de vagues paroles, attendant que le souffleur lui envoyât les mots exacts.

Comme rien ne venait :

— Eh bien ! Namur, à quand les répliques ? Pour aujourd'hui ou l'an prochain ? Qu'est-ce que vous avez à me regarder ainsi ? Vous ne m'avez jamais aperçu ? Ou bien ai-je changé de tête ?

Namur se plongea dans son manuscrit, et il lança la réplique :

« — Je ne t'ai jamais vu ainsi... Tu as quelque chose... »

— Plus haut... Reprenez le texte plus haut...

Sapristi !

Le souffleur, tout en se grattant la tête, ânonna :

« — Je ne t'ai jamais vu aussi verveux. »

— Verveux ?, interrogea Barbet, en regardant l'auteur avec étonnement.

— Ce n'est pas verveux... mais nerveux, répondit Nathan Rosenbaum, toujours calme.

— Non, monsieur, répliqua Namur, en désignant le manuscrit. Il y a là-dessus verveux...

Et il mettait l'index au-dessous du mot, afin de bien montrer qu'il ne se trompait pas.

— Assez ! fit Barbet. Le copiste s'est fichu dedans... Vous ne pouviez pas corriger cela de vous-même !

Namur leva et abaissa les bras, en secouant la tête d'un air navré. Si, en plus de souffler, il fallait encore corriger, à quoi servaient les copistes ? Ils gagnaient assez d'argent pour ne pas faire de mauvais travail ; et prenant à partie Rosenbaum :

— Et si je corrige de travers, qu'est-ce qu'on

me dira? Tout le monde me tombera dessus... C'est les copistes, monsieur, c'est les copistes qu'on devrait...

— Avez-vous bientôt fini vos discours?

— Oui, monsieur le directeur, répondit le souffleur en se replongeant dans son manuscrit.

Germaine avait exécuté ce que Barbet venait de lui montrer. Elle attaquait la grande scène dramatique. Elle soupçonnait qu'un événement grave venait de se passer dans l'existence de son amant. Elle voulait le connaître.

« — A moi qui t'ai tout donné, à moi qui ne te cache rien, tu dois te confier... Parle ! »

Barbet, qui ne la quitait pas du regard, poussa le coude de Rosenbaum. Parfait, ce qu'elle faisait la petite. La voix légèrement altérée, l'émotion contenue, et l'expression des yeux immenses, qui reflétaient le commencement d'une douleur prête à s'achever dans une explosion de sanglots, tout y était.

— Jamais, elle ne nous a donné cela... Aujourd'hui, elle nuance le rôle avec une habileté !... Angélina n'aurait pas fait mieux.

Aussi calme qu'un juge d'instruction cherchant à savoir ce qu'un prévenu « a dans le ventre », l'auteur approuvait de la tête. Il arrivait à partager l'avis de Barbet. Germaine témoignait non seulement d'adresse et d'intelligence, mais de qualités d'émotion qui ne s'étaient pas encore révélées.

— Oui... Elle ne nous a jamais donné cela...

Elle continuait d'aller, enflant le ton, selon la gradation naturelle de la scène, avec un aplomb et une sûreté dans le geste et dans le débit qui confinaient à la maîtrise.

« Comment, diable ! a-t-elle pu faire pour mettre, en vingt-quatre heures, son rôle aussi d'aplomb? » pensa Rosenbaum.

L'explication était simple. Si, dans les huit jours précédents, Barbet et Rosenbaum s'étaient trouvés, le matin, chez M. Rioux, ils eussent vu Lutzys faisant répéter Germaine, lui apprenant les moindres gestes, lui dictant toutes les intonations et parvenant de cette façon, étant données la malléabilité et la vivacité d'esprit du sujet, à la faire entrer complètement dans la peau du personnage.

Aussi, depuis plusieurs jours déjà, elle eût pu, si elle l'avait voulu, dessiner à larges touches les grandes lignes de sa création, la rendre plus fébrile et plus vivante. Mais Lutzys entendait qu'elle ne se livrât pas avant d'avoir entièrement « creusé » le rôle, de l'avoir pénétré dans ses plus intimes et subtils replis. Ce matin seulement, il lui avait dit: « Vous pouvez y aller maintenant... Tout est au point... Je vous réponds qu'en jouant comme vous venez de le faire devant moi, vous étonnerez plutôt Barbet et votre auteur. »

Il ne s'était pas trompé. Le directeur et Rosenbaum continuaient de suivre avec un intérêt, doublé d'admiration, le jeu de la débutante ; et leur surprise heureuse se manifestait par des phrases rapides échangées à voix basse,

quand ils s'interrompirent net. Dans la salle, résonnaient des coups de marteau : Pan ! pan ! Pan ! pan ! D'abord, sourds et espacés, les pan... pan... grandirent en sonorité et en vivacité : on eût dit qu'ils essayaient d'accompagner les répliques brèves et hachées de Germaine et de Falloux.

Barbet poussa un juron. Quel était l'animal qui se permettait de faire un tel tapage?

Il appela le régisseur qui n'apparut qu'au bout d'un certain nombre de minutes.

— Où étiez-vous encore?

Essoufflé comme un coureur arrivant au poteau, le régisseur fit comprendre plutôt par gestes que par paroles, qu'il était à la Régie.

— Vous n'avez rien à y faire... Je vous ai dit de rester ici, pendant toute la répétition.. Combien de fois faudra-t-il vous le répéter?

Rouge, confus, tout tremblant, le régisseur, après des balbutiements d'excuses, demanda « ce qu'il y avait ».

— Ce qu'il y a? Êtes-vous devenu sourd? Vous n'entendez donc rien?

Les coups de marteau se succédaient, plus rapides, accompagnés maintenant des motifs d'une valse populaire, modulés en sourdine par un gosier plus habitué à siffler des alcools qu'à émettre des notes justes.

Le régisseur bondit jusqu'à la rampe. Les mains en abat-jour, il aperçut, dans l'ombre d'une baignoire, l'ouvrier qui, tout à l'heure, contemplait avec tant d'attention les dos du patron et de l'auteur.

— Qu'est-ce que vous faites là, vous?

Les coups de marteau retentissaient toujours, les motifs de la valse devenaient plus perceptibles.

Pareil à un commandant de navire lançant, à haute voix, des ordres au milieu d'une tempête, le régisseur, mettant, cette fois, ses mains en forme de cornet autour de sa bouche, jeta un appel si violent, que l'ouvrier sursauta, se demandant ce qui se passait ; puis, lâchant son marteau, il cessa de chanter pour venir jusqu'au bord de la baignoire. Pourquoi ces hurlements? On répétait peut-être un passage où un satyre voulait abuser d'une jeune fille? Fallait voir ça.

Il avança une tête maigriote et rigoleuse de gouape parisienne. Mais, en apercevant le régisseur, le directeur et l'auteur qui gesticulaient et l'invectivaient, il perdit de son assurance.

— Qui vous a commandé de venir travailler à cette heure? rugit le régisseur.

Il porta la main à sa casquette en guise de salut ; et il grasseya :

— Ben ! c'est le patron.

— Il est fou, votre patron, clama Barbet. Est-ce qu'on vient, au milieu d'une répétition, arranger... Qu'est-ce que vous arrangez, au fait?

— Ben !... La cloison. Elle branle comme une dent déchaussée... Si on ne la cloue pas, elle est capable de tomber, ce soir, sur ceux qui seront dans c'fond de bains...

— Vous auriez pu attendre.

— Ah ! moi, m'sieur... C'est pas ma faute... C'est le patron qui m'a envoyé... Il m'a dit : « Jules, tu vas aller au Grand-Théâtre... T'arrangeras la cloison de la baignore 11.» . J'arrange..

— C'est un idiot, votre patron.

— Ça, c'est autre chose... Et je m'en fiche, parce que j'suis pas dans sa peau... Mais, vous comprenez bien, m'sieur? On me dit : « Jules, t'arrangeras. » J'arrange. Je ne suis pas un fainéant, moi... Je suis consciencieux... J'aime pas voler mon argent...

Barbet coupa court à une profession de foi qui menaçait de durer longtemps :

— Je suis le directeur... Et je vous ordonne de vous tenir tranquille... Vous terminerez votre travail tout à l'heure, pendant l'entr'acte.

Jules enleva sa casquette qu'il agita à plusieurs reprises pour témoigner de tout son respect envers la personnalité considérable qui était devant lui :

— Je vais pus clouer... c'est convenu, m'sieur le directeur... Maintenant, faut-il que j'me barre ou que j'reste ici?

— Restez... Mais ne chantez plus.

— Tiens ! fit-il surpris. Vous m'entendiez?... J'aurais pas cru... Moi, qui fredonnais seulement pour moi...

Mais, déjà, les autres lui tournaient le dos. L'ouvrier ne s'en offusqua pas. Il remit sa casquette qu'il aplatit d'un coup sec sur la nuque, approcha un siège sur le devant de la baignoire, et, le menton entre les mains, il attendit que la répétition recommençât. Sa joie était intense. On allait donner la comédie à Monsieur. Monsieur verrait ce que des « pognonistes » ne pourraient s'offrir. Monsieur, au lieu de travailler, avait le droit de se reposer. C'était malheureux qu'un copain ne fût pas avec lui. A deux, on aurait ri davantage !

— Mes enfants, vous allez reprendre depuis l'entrée de Rioux, dit Barbet à Falloux et à Germaine qui, dès les premiers coups de marteau, s'étaient immédiatement arrêtés.

Mais le jeune premier tempêtait et sacrait. On était parti dans un mouvement excellent. « Ça venait, ça collait, ça y était. » On serait arrivé à la fin de la scène à des effets extraordinaires ; car, aujourd'hui, Rioux s'était emballée et avait « rendu à la main ». Allait-on retrouver le mouvement?

— Quelle brute que cet enfonceur de clous ! Quelle brute !

Il exagérait sa fureur.

Germaine, au contraire, se désolait. Avec de grands yeux noyés où passaient des tristesses, elle se demandait si ce brusque arrêt ne lui enlèverait pas ses moyens.

Familiarisé avec ses colères et ces désolations, Barbet n'y prêta qu'une attention médiocre :

Il frappa ses mains, l'une contre l'autre :

— Enchaînons... Enchaînons... Il est déjà trois heures et demie... Nous n'avons pas de temps à perdre...

Falloux refit sa scène mimée. Germaine recommença son entrée. Ils avaient déjà oublié ce qui venait de se passer. Le théâtre les reconquérait.

Germaine montra à nouveau de l'enjouement, de la tendresse, de l'émotion douce ; puis, s'animant, elle devint angoissée ; enfin, quand elle fut certaine que son amant voulait rompre, son désespoir fut si tragique que Barbet sentit un petit frisson descendre le long de l'épine dorsale. Mais elle courait vers la fenêtre qu'elle ouvrait d'un coup brusque : « Si tu me quittes, je me tue... » Saisie par Falloux, elle se débattait, revenait, traînée par lui, jusqu'au milieu de la pièce et s'effondrait sur un fauteuil. Alors, comme il lui jurait qu'il ne romprait pas et qu'il renonçait à son mariage, elle avait, après une explosion de sanglots, des éclats de joie mélangés de pleurs, des élans d'amour entrecoupés de hoquets douloureux ; de ses doigts qui s'accrochaient aux vêtements de son amant, elle indiquait qu'elle le ressaisissait, qu'il était à elle, rien qu'à elle ; et, se levant, plaquant sa poitrine contre celle du bien-aimé, les prunelles égarées, les mèches de cheveux tombant sur le front, à demi folle, elle poussait un cri de félicité si humain et si sincère que, simultanément, le directeur et Rosenbaum applaudirent. Et le même mot, car ils étaient trop émus pour en trouver d'autres, s'échappa de leurs lèvres : « C'est renversant ! » Terme expressif par lequel s'exprimaient leur étonnement et leur admiration.

Dans la salle, Jules avait également battu des mains. Il était si ému qu'il pleurait.

C'était la fin de l'acte. Encore frémissante, les seins agités par l'effort qu'elle venait de donner, rejetant, à coups de doigts impatientés, les cheveux qui s'étaient abattus sur le front, Germaine s'avançait, et demandait :

— Est-ce bien? Répondez-moi franchement.

— Si vous jouez ainsi, le jour de la première, vous aurez un triomphe.

— Et vous aussi, ajouta Rosenbaum en se tournant vers Falloux, qui, voyant tous les compliments s'adresser à sa partenaire, prenait une mine renfrognée. Car vous aidez, d'une façon supérieure, Rioux à se mouvoir.

Satisfait, le jeune premier remercia d'une inclinaison de tête. Il pensait qu'en effet Germaine n'était pas maladroite ; mais, sans lui, qu'eût-elle fait? Elle pouvait s'estimer heureuse de l'avoir rencontré pour débuter. Elle lui devrait la moitié de son succès.

Puis, très digne, il monta lentement à sa loge, tandis que Barbet et l'auteur auquel venait de s'adjoindre le régisseur, complimentaient encore la jeune fille.

Cependant, les machinistes envahissaient la scène pour changer le décor.

— Appelez-moi toutes les femmes, dit Barbet au régisseur.

Quand elles furent réunies :

— Mesdames, qu'aucune de vous ne s'en

aille après la répétition. Vous viendrez dans mon cabinet... Il faut nous occuper de vos robes.

A cinq heures, on leva la séance. Mais comme Germaine se dirigeait vers le cabinet du directeur, un groupe d'hommes l'empêcha de continuer son chemin. C'étaient les reporters, dont le concierge lui avait remis les cartes, qui l'attendaient, le chapeau à la main, avec des mines aimables, mélangées d'inquiétudes. Se laisserait-elle interviewer tout de suite? Et pourraient-ils regagner bientôt les bureaux de rédaction où il rédigeraient rapidement leurs articles?

Un murmure de désappointement s'éleva quand elle leur dit qu'obligée de se rendre chez M. Barbet, elle ne pouvait leur répondre maintenant.

— Mais, ajouta-t-elle, avec un sourire charmeur, je n'en ai pas pour longtemps... Et, ensuite, je serai toute à vous, messieurs.

Cette réponse désarma les journalistes. Puisqu'elle leur parlerait, ils n'auraient toujours pas perdu leur temps. Un seul maugréa. Il avait rendez-vous avec un ancien ministre de la marine pour l'interviewer sur la défense des côtes, et cet honorable habitait au fond de Passy. Cette sacrée cabotine était capable de lui faire rater son rendez-vous. Et il recevrait encore un abatage de la part du secrétaire de rédaction.

— Je ne peux pourtant pas me couper en deux. Être en même temps au boulevard et à Passy.

— Fais-toi allonger les jambes.

— Comme c'est spirituel !

Et il se répandit en invectives contre les comédiennes : Des poseuses qui se défendaient d'aimer la réclame, et qui la recherchaient par tous les moyens, qui vous faisaient «poireauter» pendant des quarts d'heure afin de faire croire qu'elles travaillaient, qui vous racontaient des histoires « au chiqué », toujours les mêmes, et qui n'étaient jamais satisfaites des papiers qu'on leur faisait. Car on pouvait les couvrir de louanges et de fleurs, tirer en leur honneur des feux d'artifice d'épithètes flamboyantes, elles estimaient toujours qu'il n'y en avait pas assez. Quel sale monde !

Il se mit en devoir de rouler une cigarette.

— Mon vieux, attention... On ne fume pas ici.

C'était le comble. On ne pouvait même pas fumer ! Rageusement, il déchira la feuille de papier à cigarette qu'il tenait entre ses doigts, enfouit sa blague à tabac dans sa poche et il fit les cent pas, en pestant contre les directeurs, les théâtres et leurs pensionnaires qu'il déclarait plus infectes et de mœurs plus dissolues que celles des maisons closes.

Cependant, toutes les femmes étaient réunies dans le cabinet de Barbet.

Selon l'ordre des préséances, Germaine, Angélina Basquier et Martinette étaient assises sur des fauteuils ; d'autres détentrices de rôles de second plan, sur des chaises, tandis que les « Pannardes », les petites femmes, qui n'avaient que quelques lignes à dire, restaient debout, faute de sièges, encadrant le directeur trônant à sa table.

Nathan Rosenbaum, appuyé contre la cheminée, souriait légèrement, amusé à l'idée de ce qui allait se passer. Il connaissait, pour l'avoir déjà vue souvent, la comédie sur le point de se jouer, mais il se divertissait chaque fois qu'on la lui redonnait.

— Ma petite chatte, demanda Barbet, en s'adressant à Germaine, voulez-vous me dire où vous commandez vos robes?

— Chez Rarquin.

Angélina Basquier regarda Martinette, celle-ci regarda une autre femme qui se tourna vers une quatrième, laquelle en fit autant vers une cinquième.

Au fur et à mesure, Angélina comptait les échanges de regards.

— Avec Rioux, nous sommes six à nous faire habiller dans le même endroit.

— Moi aussi !

Deux des petites femmes s'agitaient, afin d'être comprises dans le lot. Ce n'était pas une raison parce qu'elles n'avaient pas grand'chose à dire pour qu'elles ne s'habillassent pas dans une maison chic. Leurs amants étaient assez riches pour leur offrir ce luxe.

— Sur quinze, nous sommes huit maintenant, reprit Angélina d'un air pincé. Ce qui veut dire que nous aurons, toutes, la même toilette.

— Tant mieux ! ma chère, répliqua Martinette d'une voix au vinaigre. Nous aurons l'air d'un pensionnat.

Barbet leur imposa silence. Le fait de s'habiller dans une même maison n'impliquait pas l'uniformité des robes. Grâce au génie de la mode, les couturiers parisiens avaient assez d'imagination pour ne pas se répéter.

Il demanda à Germaine :

— De quelle couleur, votre toilette au premier acte?

— Bleu nattier.

— Et au deux?

— Rose chair... Au trois, comme je viens de faire des visites, blanche, avec un manteau de zibeline.

Il s'adressa à Angélina :

— Et toi, qu'est-ce que tu as choisi?

— La même chose que mademoiselle.

— Moi idem, fit Martinette, accompagnée des autres, y compris les « Pannardes »... Et c'est naturel... puisque ce sont les couleurs à la mode.

— Vous n'avez encore rien commandé? demanda Barbet.

A part Germaine, toutes déclarèrent qu'elles s'étaient réservées. Heureusement ! Et des regards dépités et méchants dardaient vers la débutante qui avait le droit de choisir la première.

— Eh bien ! quelle nuance prendras-tu ? demanda Barbet à sa maîtresse.

— Est-ce que je sais ? A présent !...

— C'est comme moi, fit Martinette.

D'autres voix s'élevèrent dans le même sens. Toutes avaient envie du bleu nattier, du rose chair et du blanc. Si l'on ne portait pas ces couleurs, on n'avait pas l'air d'être dans le train.

— Il faudrait pourtant te décider, dit Barbet à Angélina.

Elle prit une mine maussade :

— Nous verrons cela plus tard.

Il n'insista pas Il irait avec elle chez le couturier et il arrangerait les choses.

— Et vous, Martinette ?

Celle-ci déclara qu'elle porterait sans doute du vert, du blanc et du noir. Mais, de même que la Patronne, elle laissait percer sa mauvaise humeur et elle affectait de tourner le dos à Germaine qui, ne sachant pas encore l'importance du choix des toilettes, se rendait compte seulement à présent de l'explosion de colère qu'elle avait suscitée. Colère qui s'accrut lorsque Barbet arriva à la sixième de ses pensionnaires. Toutes les couleurs avaient été prises par les précédentes. Comment faire ? Les Pannardes étaient les plus excitées. Quand ce serait leur tour, il ne resterait plus rien. Elles seraient obligées de jouer en jupon et en corset.

Mais Barbet, sous sa perpétuelle amabilité, cachait de la décision. Il imposa de nouveau le silence, en menaçant les Pannardes de les faire sortir et de les remplacer sur-le-champ. Et, ajouta-t-il, il agirait ainsi envers toutes celles qui manifesteraient de la mauvaise volonté.

— C'est un peu roide que ce soit celles qui ont le moins de choses à faire qui crient le plus fort !

Elles baissèrent le nez et devinrent douces comme des brebis. Être privées de leurs rôles, quand elles-mêmes et leurs amants déclaraient partout, aux courses, dans les restaurants et dans les bars, qu'elles allaient faire des créations sensationnelles ! Ah ! ma chère, quelle catastrophe ce serait ! Elles entendaient déjà les railleries de leurs bonnes amies. Tout plutôt qu'un tel déshonneur.

La phrase de Barbet avait produit son effet, non seulement sur les Pannardes, mais sur les artistes d'envergure un peu plus grande. La crainte du retrait d'un rôle est pour une comédienne le commencement de la sagesse. Toutes celles qui avaient décrété qu'elles ne pourraient s'habiller et qu'elles préféraient ne pas jouer, s'amadouèrent comme par enchantement, et avec l'aide de Barbet, elles trouvèrent des combinaisons. Finalement, au bout d'une demi-heure, tout le monde fut d'accord.

Mais, quand Germaine, pressée d'aller rejoindre ses interviewers, fut partie, des jugements sévères flétrirent sa conduite. Elle aurait pu ne pas prendre toutes les couleurs à la mode. Une camarade aimable l'aurait fait. Mais elle ! Une rosse, elle n'était qu'une petite rosse.

La petite rosse prodiguait, en ce moment, maintes amabilités aux journalistes. Aux questions les plus saugrenues, elle répondait avec volubilité, prenant, tour à tour, des poses languissantes, ou bien, se redressant, afin de bien fixer ses interlocuteurs et les regarder de ses grands yeux noyés dont elle savait la puissance. Ils l'escortèrent jusqu'à la rue.

Comme elle montait dans le coupé où l'attendait Mme Rioux, elle entendit des déclics d'appareils photographiques qui se déclanchaient.

— Encore des épreuves pour la Postérité ! murmura-t-elle, en se penchant vers sa mère, à laquelle elle se mit à narrer tous les incidents de l'après-midi.

VI

OH ! LE JOLI BÉBÉ !

Après une courte station dans un *tea-room*, — excellents, le thé et les gâteaux quand on sort de répéter — station pendant laquelle l'arrivée de Lutzys, venant rejoindre sa fiancée, a provoqué les murmures et les commérages d'une grande partie de la salle, Germaine, toujours accompagnée de sa mère, gagne à pied la rue de la Paix.

Les vitrines des marchands flamboient ; des chevaux piaffent, des autos ronflent. Une foule élégante va et vient sur les trottoirs. Mais, pressées d'arriver, les deux femmes vont, indifférentes à ce décor de luxe et de richesse, quand Germaine pousse un petit cri :

— Oh ! monsieur Starckel ! Que faites-vous par ici ? Vous venez choisir des bijoux pour votre bien-aimée ?

La mine renfrognée de Starckel ne s'éclaire pas d'un sourire ; en ce moment, il n'est pas aux plaisanteries.

Depuis deux heures de l'après-midi, il bat les rues de Paris afin de trouver un endroit où il installera les Concerts d'Essai. Il a vu locaux sur locaux. Et il serait rentré bredouille si, en passant rue Boissy-d'Anglas, il n'avait déniché, tout à fait par hasard, la salle de ses rêves.

— Enfin, ça y est !... Seulement, à force de lever le nez vers des plafonds, j'ai attrapé un torticolis...

— Vous êtes arrivé à un résultat... C'est le principal.

— Ce n'est qu'un commencement... J'aurai encore toute une série de difficultés dont vous ne vous doutez pas... Au fait, croyez-vous que Lutzys ait parlé à ce chef d'orchestre que votre amie nous avait indiqué, M. Harmelin ?

— Je ne crois pas. Il ne m'a rien dit tout à l'heure.

— Vous voyez... Des promesses, toujours... Mais quand il s'agit de tenir...

— Fiez-vous à moi... Je le lui rappellerai.

— Merci.

M. Starckel s'en va, convaincu que Germaine ne se souviendra pas plus de sa promesse que le ténor de la sienne Ils ont à s'occuper de leurs répétitions et de leur mariage. Quand ils se retrouveront, ils parleront de bien d'autres choses que des Concerts d'Essai et de leur chef d'orchestre. Et il maudit de plus en plus le comte de La Bourryère. Dans quelle affaire l'a-t-il embarqué !

Il se l'avoue : s'il n'avait pas découvert aujourd'hui un local, il eût tout envoyé promener. C'eût été évidemment la forte gaffe, et il l'eût payée cher. Mais il eût mieux aimé perdre de l'argent que continuer ce métier de locataire en mal de déménagement.

Enfin, il a franchi une première étape. Il franchira peut-être aussi les autres.

Cependant Germaine et sa mère pénètrent dans le salon de vente de Barquin.

— Mlle Harriett est là ?

— Oui, mademoiselle, on va la prévenir.

Les deux femmes s'asseoient. Rangées autour de la pièce, toute blanche, garnie d'un épais tapis sur lequel les pas s'amortissent, et ornée de larges glaces, d'autres personnes sont déjà là, dans l'attente des modèles.

Un mannequin s'avance, une grande fille blonde, aux airs de reine, en robe de soirée. Avec un sourire figé et un dandinement de danseuse, faisant saillir la poitrine et creusant les reins, elle se présente, de face, à une cliente, afin de mettre en valeur le devant de la toilette ; puis elle lève les bras, fait une demi-volte et se montre de profil, les hanches et les jambes dessinées par l'étoffe de la jupe qui s'enroule aux mollets et se meurt en une longue traîne. D'une coup sec du talon, elle renvoie la traîne qui se déroule et elle repart vers les autres clientes devant lesquelles elle répète, en plusieurs arrêts, les mêmes pauses et les mêmes gestes mécaniques.

Une autre, aux cheveux noirs en révolte, aux yeux durs dans un visage fermé, les épaules chargées d'un lourd et somptueux manteau, lui succède. Aucun sourire, des gestes secs et heurtés. Mais ses pas glissés et son dandinement, pareils à ceux du mannequin qui la précédait, corrigent ce qu'il y a de brusque en elle quand elle se plante hardiment devant les clientes qui examinent son manteau.

Tandis que Germaine la suit des yeux, survient la vendeuse, une brunette, toute menue, aux yeux intelligents et vifs dans un visage pâle de Parisienne :

— Mademoiselle, votre essayage est prêt.

— Bien, mademoiselle Harriett.

Mais Germaine continue de regarder le dernier mannequin. Le manteau que la jeune femme met en valeur, lui plaît.

— Combien ?

— Trois mille deux.

— Voulez-vous dire qu'on me le montre de nouveau ?

Miss Harriett fait signe au mannequin qui, le visage toujours fermé, revient se placer, successivement de face et de profil, devant Germaine.

— Je trouve cette forme ravissante, n'est-ce pas, mère ?

— Oui, mon enfant...

— Mais, c'est la couleur... Je voudrais une autre couleur...

— Je vais vous faire choisir une autre nuance...

Tandis que le mannequin se déplace et que, trottinant comme une souris, la vendeuse va chercher des échantillons, Germaine lève les yeux et elle aperçoit en face d'elle une femme à la physionomie encore jeune sous des cheveux blancs. La finesse des traits, la courbe légère d'un nez busqué, la petitesse des mains, l'élégance des gestes, décèlent la race. Auprès d'elle se tient un jeune homme, aux mêmes traits fins, au même nez busqué, aux mêmes petites mains, qui, lorsqu'il fait un mouvement, a aussi une rare élégance de gestes.

« La mère et le fils », pense Germaine.

Et elle se dispose à contempler un troisième mannequin qui entre.

Mais son regard s'est rencontré avec celui du jeune homme. Elle voit que ses yeux s'agrandissent subitement ; les pupilles noires, dilatées, frémissent et s'enflamment ; les ailes du nez battent ; les lèvres se contractent, comme fouettées d'un soudain désir.

Puis, comme regrettant leur excès de hardiesse, les pupilles disparaissent sous les paupières baissées, frangées de cils aux longues pointes recourbées ; le nez cesse de battre, les lèvres expriment de la tristesse. Une pâleur envahit le visage qui ne respire plus que de la timidité.

Germaine a détourné les yeux. Elle ne saurait définir ce qu'elle éprouve. Ce n'est ni un malaise, ni une gêne. Bien d'autres hommes l'ont regardée avec la même expression de désir, et elle n'a pas été intimidée. Encore moins le serait-elle quand il s'agit d'un gamin, presque un enfant. Car il n'a guère plus de vingt ans, ce jeune homme. C'est un bébé.

Bébé, oui, mais bébé dont elle sent encore la caresse chaude du regard ; bébé joli, élégant et fin, qu'elle verrait très bien habillé en page ou en petit marquis, et revenant par une pente naturelle d'esprit aux choses de son métier, elle songe : « Comme il jouerait bien Chérubin ! »

Elle définit alors le sentiment qu'elle a éprouvé. Elle a cédé au charme qui émanerait d'une statuette rare. Et sa conscience mise ainsi en repos (une artiste n'a-t-elle pas le droit de se laisser séduire par la Beauté, partout où elle se manifeste ?), elle regarde complaisamment le jeune homme, dont la pâleur augmente chaque fois que ses yeux rencontrent les siens.

La vendeuse est revenue près d'elle. Agenouillée sur le tapis, sa petite tête fine à la hauteur de la poitrine de la jeune fille, elle tend, de ses mains aux doigts fuselés et nerveux, les morceaux d'étoffe. Tout en les examinant, Germaine demande négligemment :

— Quelle est donc la dame assise en face de nous?

A voix basse, miss Harriett répond :

— L'ambassadrice des Iles-Vermeilles avec son fils... Une de nos meilleures clientes... Elle a une fortune colossale...

— Comment l'appelez-vous?

— La baronne de Berganarès... C'est une Française... Elle est née Saillard de la Bourceries... Je sais cela, parce que sa belle-sœur, Mme Saillard de la Bourceries, vient ici et qu'elles se rencontrent souvent...

A ce moment, Germaine voit l'ambassadrice se lever. Une vendeuse vient la chercher pour l'emmener dans les salons d'essayage.

Elle dit à son fils :

— Vous restez, Carlo?

— Oui, mère.

— Je ne vous ferai pas attendre longtemps.

Il sourit malicieusement, comme quelqu'un fixé depuis longtemps sur la valeur de telles paroles. Et quand sa mère est disparue, il fixe la pointe de ses souliers vernis qui, sous le bas du pantalon retroussé, laissent voir la cheville moulée de soie noire. Et il reste, un instant, très sage et très correct, sans lever les yeux sur Germaine.

Elle discourt d'ailleurs à propos de son manteau, prenant l'avis de sa mère, celui de la vendeuse, malgré qu'au fond de soi-même, elle ait déjà arrêté son choix. Le mannequin est rappelé, à cause d'un détail de broderie. Sa stature large, qu'augmente l'ampleur du manteau, masque à M. Carlo de Berganarès la vue de la jeune fille.

Mais, tout à coup, Germaine aperçoit sous le bras levé du mannequin un visage qui se penche. Le bébé n'a pas pu résister plus longtemps à la tentation de la regarder.

De nouveau, leurs yeux se rencontrent. Il pâlit encore ; et, comme s'il craignait d'être grondé, vite il se remet à fixer la pointe de ses souliers en reprenant une pose correcte et un air détaché.

En des occasions semblables, souvent elle s'est mise à sourire et elle s'est penchée vers sa mère pour lui dire la raison de sa subite gaieté.

Mais, aujourd'hui, elle ne sourit pas, elle ne se penche pas vers sa mère ; et tout en ayant l'air de suivre avec beaucoup d'attention les explications de la vendeuse, elle n'entend rien. Quand celle-ci lui demande : « Doublerons-nous le manteau de soie blanche? » elle répond : « Oui !... oui... » sans savoir ce qu'elle dit. Elle est troublée ; et, malgré sa force de volonté, elle n'arrive pas à vaincre son trouble.

La commande faite :

— Nous allons essayer, maintenant? dit miss Harriett.

— Oui... oui...

Oui ! l'idée est excellente. L'essayage changera ses idées et elle échappera ainsi à la tyrannie de ces prunelles brillantes qui ne cessent plus maintenant de darder sur elle.

Elle s'est mise debout brusquement. Elle aide sa mère à se lever ; et, la saisissant par le bras, elle l'entraîne vers la porte.

Surprise, Mme Rioux résiste :

— Que te prend-il, ma fille?... Tu as l'intention de courir? Nous avons le temps.

— Tout le temps, ajoute la vendeuse.

Tel n'est pas l'avis de Germaine. Elle a hâte de quitter le salon.

Il est gentil, le bébé, le joli bébé. Mais elle s'avoue qu'à présent, il finit par lui causer un sentiment de gêne tout à fait nouveau pour elle. La chaleur de ses regards lui donne chaud aux joues. Elle a un peu d'oppression Tout cela ne se dissipera que lorsqu'elle sera hors du salon.

Mais des pas pressés retentissent derrière elle.

— Mademoiselle?

Elle se retourne.

Devant elle, M. Carlo de Berganarès s'incline en tenant à la main deux gants blancs roulés en boule :

— Voulez-vous me permettre de vous remettre ceci?... Vos gants que vous avez laissés tomber... Vous couriez si vite !

— Oh ! ce sera en me levant...

— Vous avez raison, monsieur, approuve Mme Rioux. Ma fille a fait preuve, tout à l'heure, d'une telle hâte que je me suis demandé ce qui la prenait.

Et tendrement grondeuse :

— Tu vois, sans monsieur, tu perdais encore une paire de gants...

Intimidé au début et parlant d'une voix à peine distincte, le joli bébé, enhardi par l'amabilité de Mme Rioux, reconquiert de l'aplomb. Son aisance naturelle, développée par l'habitude de fréquenter depuis l'enfance des milieux mondains, réapparaît ; et, avec un sourire qui met à découvert ses dents petites et si blanches qu'on dirait des dents de jeune fille :

— Mademoiselle Germaine Rioux peut se permettre de perdre des gants... Quand on a son talent, on possède une fortune...

Elle reste interloquée. Il parle de son talent. Comment saurait-il si elle en a? Se moque-t-il d'elle? Ou est-il sincère?

— Pour avoir pu m'apprécier, il faudrait au moins que vous m'eussiez vue jouer, monsieur.

— Je vous ai vue.

— Où donc? Dans le monde?

— Non pas... sur un théâtre.

— Dans quelle ville?

— A Nice... N'avez-vous pas donné au Casino une représentation avec Barthélemy, de la Comédie-Française?... Vous faisiez une tournée avec lui.

— En effet.

— A cette époque, j'étais à Nice avec mes parents... Et je me souviens que je vous ai applaudie...

— Oh ! applaudie... Je ne le méritais guère...

— Si fait ! Vous jouiez d'une façon divine..

Et je me souviens d'avoir dit à un de mes amis. « Voici une artiste qui ira loin ! » J'avais raison. Car, dans un journal du soir que je viens de lire et dans lequel on donne votre portrait, on vous prédit, comme je l'ai fait, le plus brillant avenir... Vos débuts promettent d'être sensationnels...

Et avec une espièglerie gamine, il ajoute :

— Tant mieux ! Il y a tellement de dames d'un certain âge qui tiennent les premiers rôles. Place aux jeunes !... Cependant, on ne vous a pas flattée sur le journal. On vous a vieillie de dix ans au moins.

Elle écoute avec plaisir cette voix fraîche, qui, n'ayant plus d'hésitations, est, tour à tour, mordante ou câline. Puis, en néophyte qui ne sait pas encore cacher, sous un dédain affecté, la joie que lui cause la réclame, elle demande :

— Je voudrais bien voir ce portrait.

— Le voici.

De la poche de sa jaquette, il tire un journal. Autour de lui, les têtes de Mme Rioux, de sa fille et de la vendeuse se penchent vers la feuille, que, tout en conservant les gants de Germaine dans sa main, Carlo tient largement dépliée.

— Oh ! quelle horreur ! dit Mme Rioux. Ils t'ont fait des yeux tout petits, à toi qui les as si grands ! Et cette bouche ! Elle est complètement de travers...

Et montrant le portrait de Lutzys qui est au-dessous de celui de sa fille :

— L'ont-ils assez défiguré, lui aussi !

Peu importe à Germaine d'être défigurée. Elle lit l'article qui encadre son portrait et qui la célèbre sur le mode lyrique.

— Il est très bien fait, cet article... et très juste, dit Carlo.

Elle l'enveloppe d'un long regard reconnaissant. Cher petit ! Si jeune, quelle sûreté de jugement il possède déjà ! Elle ne fuit plus ses yeux. Elle l'écoute avec complaisance :

— Soyez certaine, mademoiselle, que j'assisterai à votre première... Et je vous applaudirai... Oh ! que je vous applaudirai !

— Même si je suis mauvaise ?

— Vous ne pouvez pas l'être... Dès que vous apparaîtrez en scène, vous aurez tout le public pour vous. Il n'y a pas à Paris et, même à l'étranger, une comédienne qui vous vaille.

— N'exagérez pas, monsieur, dit Mme Rioux qui craint que ces louanges ne tournent la tête de sa fille.

Mais il est lancé ; son enthousiasme ingénu déborde ; il ne veut pas admettre qu'on puisse opposer quelqu'un à Germaine.

— Je n'exagère pas, madame. Ce n'est ni en Angleterre, ni en Allemagne, ni en Italie que Mlle Rioux trouverait une rivale... En ce qui concerne Paris, comme je vous le disais tout à l'heure, les artistes qui tiennent son emploi ont cent ans... Mademoiselle n'aura qu'à paraître pour les éclipser toutes.

Il scandait chacune de ses phrases d'un petit battement de pied nerveux, n'admettant pas qu'on pût le contredire et élever le plus léger doute sur le talent de la débutante.

— Je vous remercie, monsieur, fit Germaine, de la bienveillance que vous me témoignez. J'espère que toutes vos prophéties se réaliseront. Alors, à la première ?

— A la première !

Puis, sa gaminerie reprenant le dessus, il ajouta :

— Dites au chef de claque de ne pas se déranger, puisque je serai là.

Mais il s'aperçut qu'il n'avait pas rendu les gants.

Il les tendit à la jeune fille.

Dans le mouvement qu'ils firent l'un et l'autre, leurs doigts se rencontrèrent, se frôlèrent, se serrèrent presque.

Elle le vit pâlir encore, tandis qu'il fixait sur elles des yeux, non plus ardents, mais défaillants.

Elle sentit alors ses joues s'empourprer et sa gorge se contracter.

— Tu viens, mère ?

Et elle entraîna, encore une fois, vivement, Mme Rioux, qui ne s'était pas aperçue de son trouble, tellement Carlo l'avait tenue sous son charme.

— Il est délicieux, ce jeune homme... Admirablement élevé... Et bien joli garçon... Tu as remarqué ses yeux et ses dents ?...

Germaine s'exclama hypocritement :

— Oh ! mère... est-ce que je fais attention à ces choses-là ?

— C'est vrai... Tu ne penses qu'à Lutzys... Mais tu aurais pu faire la même remarque que moi... Tu me dis tout le temps qu'à cause de ton métier, tu es obligée d'observer... C'est pour cela que je te faisais cette réflexion...

La vendeuse arrêta la conversation. Ces dames étaient arrivées au salon d'essayage, où une jupière et une corsagière apprêtaient la robe de mariée que Germaine allait revêtir.

La cérémonie commença, solennelle. Tout Paris jugerait cette toilette. Il fallait qu'elle fût un chef-d'œuvre.

Quand, au bout d'une heure, Germaine s'en alla, elle jeta un coup d'œil, en passant, vers le salon d'attente.

Mais Carlo n'était plus là... Il était parti, le joli bébé !

VII

UN FIANCÉ FANTOME

Dans le cabinet de travail de M. de La Bourryère, M. Starckel présente Mlle Marie Blinchard.

— Monsieur le comte, voici la jeune fille dont je vous ai parlé.

Le comte passe la main sur son crâne et dévisage Marie.

Pressentant que cette inspection sera défavorable, — car l'aspect physique et la mise de l'Espoir sont plutôt décourageants, — M. Starckel se hâte d'ajouter :

— Si vous voulez l'entendre, vous jugerez, comme moi, qu'elle a une voix très belle et très pure.

Il bluffe effroyablement. Il n'a jamais entendu chanter Mlle Blinchard.

Mais il lui paye une dette de reconnaissance.

Pendant quinze jours, il a, selon ses prévisions, vainement attendu la visite de M. Harmelin, le chef d'orchestre que Lutzys devait lui envoyer. Malgré tous les petits bleus et les coups de téléphone, celui-ci a négligé de répondre avec la sereine indifférence d'un homme qui vit en pleine gloire.

Starckel s'était alors décidé à venir trouver Mlle Blinchard qui lui avait si aimablement offert de transmettre sa proposition à M. Harmelin. Avec elle, l'affaire n'avait pas traîné. Quarante-huit heures après sa démarche, Starckel avait vu arriver chez lui le musicien qui ne s'était pas fait prier pour accepter.

En homme d'affaires qui ne s'engageait jamais à la légère et qui ne promettait que ce qu'il pouvait tenir, M. Starckel avait été reconnaissant à Marie de son intervention. La salle qu'il avait découverte ne nécessiterait pas de grandes transformations ; en un mois, les travaux d'aménagement seraient exécutés. Pendant ce temps, Harmeli aurait tout loisir pour recruter un orchestre aussi nombreux et aussi brillant que le comte le désirait. Dans six semaines, on pourrait ouvrir. S'il s'en était remis à la promesse de Lutzys, quand aurait eu lieu cette ouverture ?

Il s'était donc juré de faire entendre Marie à M. de La Bourryère.

Maintenant, il se demandait avec terreur ce qui allait advenir de cette audition. Si la voix de la jeune fille correspondait à son physique, tristesse et désolation ! Le comte ne lui prodiguerait pas ses compliments pour le flair qu'il montrait à découvrir des étoiles.

Mais il aurait quand même fait ce qu'il estimait être son devoir ; et si elle ne réussissait pas, Mlle Blinchard n'aurait qu'à s'en prendre à soi-même.

Aussi fut-il très joyeux, et très étonné aussi, quand, une demi-heure après, M. de La Bourryère déclara à Marie qui venait de lui chanter deux mélodies et un air d'opéra :

— Votre voix est excellente, mademoiselle ; le médium est bon, vous avez de belles notes graves que je n'aurais jamais cru trouver chez vous, et vos notes aiguës sont très pures... Ce qui vous manque, c'est de l'acquis et de l'aplomb... Mais à votre âge !...

— C'est pourquoi mon professeur du Conservatoire me défend de chanter dans un théâtre... Cependant, il me conseille de me faire entendre, si je peux, dans des concerts sérieux...

— On vous y entendra... N'est-ce pas, Starckel, nous la ferons débuter aux Concerts d'Essai...? Elle chantera une de mes mélodies...

— Oh ! monsieur le comte... fit Marie, en rougissant de plaisir...

— Ne m'appelez pas comte !... Comme compositeur, j'ai pris le pseudonyme de Fernand Martial... C'est sous ce seul nom que vous devez me connaître... Et surtout, à ceux qui vous le demanderaient, dites bien que je ne suis pour rien dans les Concerts d'Essai...

Marie ne comprend guère les raisons qui poussent M. de La Bourryère à s'affubler d'un pseudonyme. Elle ne cherche pas d'ailleurs à approfondir ce mystère.

Elle le remercie seulement, avec effusion, ainsi que M. Starckel ; et sa joie est si vive

Léo à la répétition générale.

qu'elle en pleurerait presque.

Le visage illuminé, les yeux brillants, elle arrive à la maison où son père l'attend anxieusement.

— Eh bien ?

— Eh bien, père, le comte... non, M. Fernand Martial, c'est ainsi qu'il veut que je l'appelle... a trouvé que je chantais si bien qu'il veut me faire créer une de ses mélodies.

La figure large et franche de M. Blinchard s'épanouit. Mais celle de sa femme, qui vient d'entrer et qui a entendu la dernière phrase, se contracte et grimace.

— Quel fonds peut-on faire sur le jugement d'un monsieur qui n'est qu'un amateur ?

— Il s'y connaît tout de même, dit M. Blinchard, avec impétuosité.

— J'aurais plus confiance en ses talents de financier qu'en ses talents de compositeur.

— As-tu entendu déjà une de ses œuvres?

— Non.

— Alors, ne discute pas.

Les deux époux se regardent avec haine. L'éternelle discussion qui existe entre eux, à cause de leur fille, va recommencer.

— Comment! s'exclame le père, tu n'es pas satisfaite d'apprendre qu'un homme, comme le comte de La Bourryère, qui a tant de relations et qui peut être si utile, protège notre enfant? C'est une chance insensée... Je n'aurais jamais cru que Marie l'aurait...

— Quelle chance? Quand Marie aura chanté deux fois, le comte en prendra une autre.

— Qu'en sais-tu?

— Avec ses millions, il peut avoir, pour faire connaître ses œuvres, toutes les meilleures cantatrices de l'Opéra... Pourquoi leur préférerait-il une inconnue?

— Nous verrons bien... Dans tous les cas, ma petite Marie, je te promets, pour le jour de ton début, une robe superbe... Je ne regarderai pas au prix...

— Et si tu voulais me faire coiffer aussi?... Je n'ai pas de vilains cheveux... Mais tout le monde me dit qu'en les tirant et en les plaquant sur les tempes, comme maman tient à ce que je le fasse, je suis très laide... M. Martial et M. Starckel me l'ont encore laissé entendre tout à l'heure.

— Eh bien! tu iras chez l'ondulateur de ta mère.

— Ah! non, s'écrie Mme Blinchard, avec rage. Cela jamais!

Est-ce que son mari ne devient pas fou? Il va donner maintenant des idées de luxe et de coquetterie à sa fille. Une robe! des ondulations!

— Tu veux donc en faire une cocotte?

Marie ne souffle mot, tout étonnée de l'audace qu'elle vient d'avoir. Si elle n'avait pas encore été sous le coup des compliments du comte et de M. Starckel, elle n'eût jamais osé réclamer un changement de coiffure.

Cette réclamation a d'ailleurs frappé M. Blinchard. Accoutumé à voir toujours sa fille habillée et coiffée comme une petite pensionnaire, il n'a pas songé jusqu'alors qu'elle puisse être autrement. Il n'a jamais remarqué sa laideur. Il la trouve jolie. Et bien pomponnée, bien ondulée, Marie produira physiquement un grand effet sur les masses.

Il regarde sa femme coquettement mise et savamment ondulée:

— A ce compte, en te voyant, on pourrait dire que, toi aussi, tu as des goûts de cocotte.

— Moi, ça n'est pas la même chose.

— Et pourquoi?

— Je vis dans un monde honorable... Ce n'est pas comme celui dans lequel tu veux faire entrer ta fille... Rien qu'au Conservatoire, elle a déjà, sous les yeux, des exemples! Elle voit de ses camarades embrassées et pincées par des hommes... Il y a là un de ces laisser-aller!... Que sera-ce si, jamais, elle est engagée dans un théâtre?... On sait ce qui se passe dans les loges ou dans les coulisses... c'est du propre!... Toutes ces dames ont des amants... et elles se conduisent d'une façon!... Tu as voulu que Marie fasse ce métier-là... soit... Quand elle sera au théâtre, elle s'arrangera comme elle voudra... Mais, tant qu'elle restera ici, je ne veux pas qu'elle ait des mises excentriques et des coiffures qui la fassent regarder dans la rue...

Et en disant cela, elle pense que si sa fille attire les regards, ce sera à son détriment. Elle paraîtra avoir dix ans de plus.

Blinchard ne saisit pas le sentiment qui la pousse à agir ainsi. Mais, lui, qui souvent ne répond rien, afin d'avoir la paix, se sent aujourd'hui d'humeur combative. Il est outré que sa femme ne soit pas enchantée de l'appui que le comte apporte à Marie. Cette face méchante et ces lèvres pincées qui ne s'entr'ouvrent que pour laisser passer des mots blessants, l'exaspèrent:

— Tu peux dire tout ce que tu voudras... Je ferai comme je l'entends, vis-à-vis de Marie...

— Nous verrons.

— C'est tout vu.

— Je ne compte plus ici?

— Tu compteras quand tu diras des paroles sensées.

— Oh! oh! oh!

Mme Blinchard trépigne, elle va riposter. Mais la femme de chambre annonce M. Harmelin.

Très grand, très mince, très blond, le compositeur qui n'a pas depuis longtemps dépassé la trentaine, ne manque ni d'élégance, ni de grâce physique. Sa tenue est celle d'un mondain; et si une cravate noire, nouée à la Colin, ne s'épanouissait en deux larges coques sur les revers de la jaquette, rien ne décèlerait en lui le musicien.

Il vient remercier Marie, — ce qu'il aurait fait depuis deux jours s'il n'avait été surchargé de besogne, — de son aimable entremise auprès de M. Starckel et du comte de La Bourryère. Il est ravi de l'aubaine qui lui échoit. Les émoluments qu'on lui donne sont fort beaux. Il a carte blanche pour engager autant de musiciens qu'il lui plaira. Il va constituer un orchestre incomparable, le premier orchestre de Paris.

A l'arrivée de M. Harmelin, l'air rogue de Mme Blinchard a disparu pour faire place à une amabilité souriante. La gaieté qui illumine le visage du chef d'orchestre semble se refléter sur le sien. Mais sa physionomie se rembrunit quand son mari conte ce qui s'est passé entre sa fille et M. de La Bourryère.

Harmelin, au contraire, fait preuve d'une joie sans égale:

— Je vous ai toujours dit que Mlle Marie avait une voix superbe... Sans cela, vous aurais-je conseillé de lui faire abandonner ses classes de piano... et aurais-je cessé de lui donner des leçons?

— A ce propos, dit M. Blinchard, je vous ferai observer que l'on ne vous voit plus souvent ici.

— Allons donc !... Je suis venu six fois en trois semaines... Mais, trois fois, vous n'étiez pas là... Mlle Marie non plus... Je n'ai eu le plaisir que de rencontrer Mme Blinchard...

— C'est juste... Ma femme me l'a dit... Mais je l'avais oublié... Enfin, revenez un peu plus souvent... Marie a encore besoin de vos conseils... Et elle est toujours si contente de vous voir, n'est-ce pas, fillette?

Marie, qui, tant que son professeur a parlé, ne l'a pas quitté des yeux, répond par un « oui » timide. Et la voix altérée, elle demande si M. Harmelin voudra bien lui faire répéter, en particulier, la mélodie que le comte lui confiera.

— Certainement... plutôt dix fois qu'une.

Mme Blinchard a hâte de faire dévier la conversation. Elle demande au chef d'orchestre des nouvelles de ses parents. Car c'est un excellent fils. Il habite avec son père et sa mère ; et ponctuel, rangé, si travailleur, il est leur orgueil. Comme elle énumère toutes ses qualités, il l'arrête :

— Assez... assez... Et ma modestie, qu'en faites-vous?

Mais M. Blinchard renchérit sur les dires de sa femme. Depuis six ans qu'ils connaissent Harmelin, ils l'ont toujours vu à la tâche. Il y a peu de jeunes gens aussi sérieux que lui.

Et, familièrement, en lui donnant une tape sur l'épaule :

— Dites donc, Louis, si vous restiez à déjeuner avec nous?

— Mon Dieu !...

— Oui, oui... Vous allez rester, ajoute avec insistance Mme Blinchard. Il y a si longtemps que vous ne nous avez fait ce plaisir.

Et sans attendre la réponse, elle sonne la femme de chambre, à laquelle elle commande de mettre un couvert de plus.

Le déjeuner se passa gaiement. La maîtresse de maison conserva un visage souriant. Les lèvres, retroussées en un joli arc, ne jetaient plus de mots aigres. Elle avait retrouvé tout son charme de parade pour écouter les propos de M. Harmelin qui se rapportaient, la plupart, à des potins d'Opéra. Elle se divertit surtout à une anecdote que, à cause de la présence de Marie, il conta à mots couverts, anecdote qui avait trait à Lutzys.

En ces derniers temps, le ténor honorait de ses faveurs une cantatrice italienne, qui, après avoir débuté au music-hall, s'était élevée jusqu'aux grandes scènes lyriques pour arriver enfin, grâce à de nombreuses intrigues et à l'appui d'un protecteur très millionnaire, jusqu'à l'Opéra. En apprenant les fiançailles de Lutzys, fiançailles qu'il s'était bien gardé de lui annoncer, la chanteuse avait conçu le plus vif

dépit ; et un soir dans les coulisses, avant son entrée en scène, elle s'était précipitée sur lui, en essayant de le souffleter.

— Et qu'a-t-il fait?

— Il s'est contenté de prendre les mains de la charmante enfant ; et avec le flegme que vous lui connaissez : « Chère, lui dit-il, vous oubliez que, maintenant, vous ne jouez plus avec les clowns ».

A cette saillie, Mme Blinchard rit et applaudit comme si le musicien en eût été l'inventeur. Elle ne perdait d'ailleurs aucune de ses paroles. Il avait le don de l'amuser.

Aussi, quand il fut parti, elle approuva sans réserve son mari qui se lançait dans un panégyrique enthousiaste d'Harmelin.

Elle fronça seulement les sourcils, lorsqu'il dit :

— Il m'est venu une idée...

Elle n'aimait pas qu'en dehors de son commerce, M. Blinchard eût des idées. En général, elle les estimait mauvaises ou saugrenues. Elle se tint donc sur sa défensive. Qu'est-ce que son époux allait encore lui sortir?

Bonhomme, il fit :

— J'ai cru remarquer que Louis avait de la sympathie... plus que de la sympathie pour Marie... Elle aussi, semble bien l'aimer... Puisque tous les deux ont les mêmes goûts, pourquoi ne les marierait-on pas? Louis est d'une famille honorable... et je crois que...

Elle lui coupa, comme avec un rasoir, la parole. Son charme de parade s'était évanoui, les lèvres se faisaient pincées plus que jamais. Décidément, son mari divaguait complètement aujourd'hui.

— Où as-tu vu que M. Harmelin semblait avoir un penchant pour notre fille? Il est aimable comme tout professeur l'est envers son élève... C'est tout...

— Cependant...

— Tais-toi... Je sais ce que je dis... Et Marie? Est-ce qu'on peut la marier maintenant?... Quand nous ne sommes pas fixés sur son avenir?

— Mais, maman, on attendrait.

— Tais-toi... Toi aussi... Est-ce que je te demande ton avis !... Tu ne vas pas me faire croire que tu aimes M. Harmelin... Tu ne vas pas me dire non plus qu'il t'a fait la cour?... Est-ce qu'il s'est jamais permis un mot... un geste?...

— Il a toujours été très respectueux.

— Tu vois donc bien... Il n'y a que ton père pour se figurer des choses pareilles... Le pis est qu'il te donne des idées insensées...

M. Blinchard objecta :

— Insensées? Pourquoi? Louis n'a pas d'argent... Mais il en gagnera... Et si, pendant quelques années il est gêné, je suis là... Nous sommes assez riches pour subvenir aux frais du ménage... Je persiste à croire que mon projet n'est pas si extraordinaire que tu veux bien le dire...

— Et, moi, je prétends qu'il est stupide... Louis...

Et se reprenant :

— M. Harmelin m'a déclaré cent fois qu'il entendait rester garçon... Il se mariera peut-être plus tard, très tard, quand il sera célèbre... Mais alors, il n'épousera pas Marie... Il y a trop de femmes qui sont mieux qu'elles.

Le père se fâcha :

— Tu ne vas pas dire que ta fille est un monstre, je suppose?

— Ce n'est toujours pas une beauté. Loin de là !

La fureur emporta le père :

— Eh bien ! si elle n'est pas jolie... Elle le sera... Je t'en fiche mon billet !... C'est moi-même qui la ferai habiller, qui la ferai coiffer... qui lui donnerai tout ce que tu ne lui as jamais donné. Et cela ne sera pas demain, mais aujourd'hui même...

Ses yeux s'étaient dessillés. Il voyait clair dans le jeu de sa femme. Et il éprouvait une honte de l'avoir entendue accabler Marie de sa laideur. Quelle mère était-elle donc ?

D'un seul coup, il se dépouilla de sa bonhomie. Lui, qui avait toujours plié, se redressa. Il redevint le patron, habitué à commander, et qui n'admettait pas qu'on discutât ses ordres. Il lui semblait qu'il était dans sa maison de commerce, devant un employé qui oserait lui tenir tête :

— C'est compris?

Et s'adressant à Marie :

— Mets ton chapeau et viens avec moi.

Il se dirigeait vers la porte, Mᵐᵉ Blinchard voulut lui barrer le passage. Elle s'agrippa à ses vêtements :

— Non... non... Ma fille n'ira pas...

Un flot de sang empourpra sa large face de bouledogue prêt à mordre :

— Saprelotte !

Et il leva une main énorme, une main terrible de lutteur, sur sa femme.

Marie avait vu le geste. Elle saisit le bras, prêt à s'abaisser :

— Père... père ! Qu'est-ce que tu vas faire?...

Tandis que Mᵐᵉ Blinchard se jetait sur un fauteuil, criant et sanglotant, dans l'imminence d'une crise de nerfs, il se laissa entraîner hors de la pièce, les poings encore serrés, le visage toujours pourpre, avec un grincement de dents qui provenait de n'avoir pu faire passer sa fureur sur sa femme par un geste énergique.

— Ton chapeau... vite... père... et partons...

Dans la voiture qui les emportait, Marie pleurait maintenant, lentement, sans un cri, sans un sanglot.. Elle pleurait sur le divorce moral qui venait d'éclater entre ses parents, divorce maintenant définitif... Elle pleurait aussi, en songeant à Harmelin.

Elle l'aimait ! Et elle était trop laide pour qu'il l'épousât.

VIII

SAUVE QUI PEUT !

— On n'en est que là?

— Oui, ma fille !

— Moi, qui me suis dépêchée de m'habiller. Si j'avais su !

— C'est comme nous, ma fille !... On vous dit toujours de vous dépêcher... Et quand on est prête, il faut poireauter... Au train dont ça marche, on n'a pas fini... C'est encore un coup de deux heures du matin... Montre ton costume?...

Léo, en marquise Louis XV, un tricorne posé sur une perruque poudrée, un corsage échancré, laissant à demi nue la poitrine, une robe à paniers qui s'arrête au mollet, vient d'arriver devant la baignoire qui contient, avec le baron Desmures de La Forgerie, la petite Irma et la grande Renée. Et, dans l'espace libre entre la baignoire et les fauteuils, *elle montre son costume, en faisant des grâces.*

— Oh ! t'es très chic, toi !... C'est pas comme nous... Pige les robes qu'on nous a collées pour faire les demoiselles d'honneur... On a l'air de premières communiantes...

— Mauvais départ ! dit sentencieusement le baron, dont le langage s'affirme toujours sportif.

Seule, Léo ne récrimine pas. Grâce à Maxime Barthy qui l'a accompagnée chez le costumier, on l'a traitée avec soin. Aucune retouche n'est nécessaire.

Grâce encore au revuiste, elle est très bien à présent avec Marynier, qui lui a commandé une perruque neuve.

Le régisseur s'est même tout à fait amadoué. Toujours pressé et voyant défiler devant lui, en rangs serrés, des troupeaux de femmes, celui-ci ne s'était pas avisé d'examiner à loisir la frimousse de Léo. La recommandation de Barthy lui fit remarquer cette frimousse. Il la tapota, lui pinça le menton ; et comme elle riait, semblant exulter, tellement le plaisir et l'honneur étaient grands, il l'embrassa. Une bonne nuit passée ensemble, et le lendemain, Marynier déclarait, comme Barthy, que Léo avait le feu sacré et qu'elle irait loin. Il s'avisa de la voir jouer et de l'entendre chanter. Après quoi, il se dit que ses propos n'étaient pas inconsidérés. Si la petite ne consacrait pas trop de temps à la fête et aux cabarets de nuit, elle réunissait toutes les qualités propres à faire d'elle promptement une vedette. Encore une de plus à ajouter à la liste déjà longue de celles qu'il avait connues, débutantes et qui, maintenant, étaient passées étoiles ! Cette abondance de liaisons amoureuses ne le rajeunissait pas ; mais elle lui laissait d'excellents souvenirs.

— Tu ne viens pas t'asseoir avec nous? demanda Irma à Léo.

— Non... Je vous générais...

Léo s'asseoit sur un fauteuil d'orchestre proche de la loge, en relevant soigneusement sa jupe et ses paniers ; et elle attend qu'il se passe quelque chose.

Ce soir, c'est au *Cocorico* la répétition générale privée du spectacle dont la première doit avoir lieu le lendemain. Les « numéros » nouveaux, qui paraissent dans la première partie du spectacle, doivent défiler d'abord. Ensuite, viendra *l'opérette, que l'on répétera avec les costumes.*

Dans la salle, un luminaire incertain éclaire à demi l'orchestre, et les loges du bas, laissant dans l'ombre le balcon et le promenoir. Çà et là, quelques parents d'artistes et des amis de la maison causent debout ou assis.

Devant leurs pupitres, les musiciens, les bras croisés, contemplent leurs instruments. De temps en temps, cependant, une basse ronfle, une flûte jette un trille, un violon grince. Puis le silence revient, tandis que sur la scène, commandés par un gentleman très agité, des machinistes s'évertuent à mettre en place une énorme caisse de forme cubique, effroyablement lourde. Par instants, ils s'arrêtent, soufflent, essuient des fronts emperlés de sueur et recommencent de traîner la caisse dont la longueur égale presque celle du fond de la scène.

— Qu'est-ce qu'ils font avec cette machine-là ? interroge Léo.

Irma et Renée répondent en même temps :

— Comment ! Tu ne sais pas ce que c'est ?

— Non...

— Ben ! c'est des crocodiles.

— Ah ! oui... il y a un type qui en fait travailler.

— Et pas empaillés, ma chère... Ils sont vivants... Tu vois le monsieur qui a l'air d'un Anglais et qui donne des ordres... C'est le dompteur... Paraît qu'il a un bras mécanique... Il s'est fait boulotter le sien par une de ses bêtes.

— Des blagues !... C'est pour faire croire que ses crocodiles sont dangereux... Je parierais qu'ils n'ont pas de dents...

— On verra ça tout à l'heure...

Mais la caisse qui contient les crocodiles semble enfin fixée. Les frères Tabarra et M. Starckel pénètrent dans la salle.

Léo voit arriver aussi Maxime Barthy et Frantz Davrac qui viennent, en causant avec les auteurs de l'opérette. Derrière eux, des choristes et des figurantes franchissent la porte qui sépare la scène de la salle et vont s'essaimer, par petits groupes sympathiques, soit à l'orchestre, soit dans les loges.

— Ah ! Frissonnette ! dit Maxime, en tendant la main à Léo.

— Pourquoi Frissonnette ? demande Davrac intrigué.

— C'est un nom que je lui ai donné... Et c'est sous ce nom que Léo jouera dans ma revue.

— Frissonnette !... C'est léger et expressif... Ça sonne autrement bien que Léo... Mais, dites donc, mes petits cocos, il faut que vous ayez échangé ensemble bien des frissons pour être arrivé à trouver ce surnom ?

— Ça, c'est notre affaire, dit Léo, en riant.

Et en rendant à Maxime, nerveusement, sa poignée de main :

— C'est pour moi que tu es venu, ce soir ?

— Oui... Je voulais voir comment va ton costume... Et je voulais aussi que Davrac t'entendît...

— Tu es une choute... Admire le bébé...

Elle donne un coup de main à son tricorne, fait bouffer sa robe et esquisse une révérence plongeante.

— Marquise, vous êtes charmante.

— Et tu as de la chance de batifoler avec elle ! dit Davrac.

Maxime sourit. Le journaliste a trouvé le mot juste pour exprimer ce qui se passe entre Léo et lui. Ils batifolent simplement tous deux. S'ils se rencontrent, et qu'un même désir les anime, en route, bras dessus, bras dessous, pour Cythère ! Mais, quand ils se sont quittés, c'est l'oubli, du moins en ce qui touche les choses amoureuses. Car l'auteur pense à l'interprète qui, lorsqu'elle aura quitté le *Cocorico*, débutera dans une pièce de lui, et celle-ci pense à son auteur qui doit la lancer. Un lien d'intérêts communs les unit.

— Allons ! Marynier, est-on prêt ? Peut-on enfin commencer ? demande le plus jeune des Tabarra, qui, avec son frère et Starckel, se tient debout, dans l'allée de milieu des fauteuils d'orchestre. Et il scande ses paroles de terribles coups de canne appliqués sur le parquet.

— Oui, monsieur.

— Alors, envoyez les *Excentrics*.

Les musiciens secouent leur torpeur. Des bruits d'instruments qui s'accordent, éclatent en une cacophonie charivaresque. Les spectateurs perdent leurs poses affaissées et fixent la scène. Les conversations se meurent.

Entrent deux clowns comiques, l'un, à tête flegmatique d'Anglais, en pantalon gris, retenu par des bretelles, dont la couleur verte tranche sur un maillot rouge ; l'autre, à visage brun d'Espagnol, en pantalon à carreaux et porteur d'un maillot noir. Ils tendent au chef d'orchestre la musique qui doit accompagner leurs tours ; et, tandis que les musiciens jouent, ils font le simulacre de se porter des coups de poing, de tomber, de se relever, d'exécuter des sauts périlleux, de se ficher des haches dans le crâne, de se revolvériser et de cracher des balles de plomb, ainsi qu'ils ont la coutume de faire aux représentations, quand ils sont porteurs de ventres énormes, de masques aux yeux pochés et de crânes matelassés.

— Ça va bien... A présent, Marynier, envoyez le numéro deux.

Le numéro deux, M. Arthur, « Siffleur », en veston gris, col droit, les cheveux relevés en une houppette, sur le devant de la tête, fait son apparition, avec le pas trotte-menu, les gestes arrondis et la bouche en cœur d'un commis de magasin de nouveautés.

Il se penche vers le chef d'orchestre auquel

il tend, lui aussi, sa musique ; et avec une politesse exagérée.

— Écoutez, monsieur le chef d'orchestre...

Vous voyez... On ouvre avec les cors... Puis, je fais le rossignol et le pinson... Ta... ta... ta... ti... ti... ti... jusqu'ici... Puis, ça suit... Mais écoutez encore, monsieur le chef d'orchestre? Vous ne reprenez pas avant que j'aie fait le sansonnet... Vous voyez le passage?... Oui... Alors, vous ne reprenez pas avant que j'aie fait le sansonnet... C'est bien entendu?... Vous n'attaquez que lorsque j'ai fait mon boniment au public... N'est-ce pas, monsieur le chef d'orchestre? Vous m'avez bien compris, monsieur le chef d'orchestre?... Dès que vous vous serez accordés, je commence... Oh ! surtout, que le piston ne joue pas trop fort. Quand je fais la fauvette à tête noire, messieurs les violons, en sourdine... En sourdine, les violons... Messieurs, je vous en supplie ! C'est compris? Nous sommes, maintenant, bien tous d'accord...? Merci, monsieur le chef d'orchestre...

Sans paraître troublé, ni flatté de tant d'appellations successives, qui lui rappellent une fonction qu'il n'a pas oubliée, le capellmeister distribue avec sérénité les cahiers de musique que le siffleur lui a passés. Les musiciens déchiffrent quelques mesures.

M. Arthur se frotte un instant les mains ; et, l'orchestre s'étant tu, il lance au public :

— Mesdames et messieurs, je vais avoir l'honneur d'imiter le chant d'un certain nombre d'oiseaux... J'imiterai également les cris de plusieurs animaux sauvages ou domestiques...

Il s'arrête :

— Eh bien ! monsieur le chef d'orchestre?

— Quoi?

— Allez, maintenant... Allez !

— Ah ! votre boniment est déjà fini? Je le croyais plus long...

Au coup sec de la baguette frappant le pupitre, les cors déchaînent leurs notes cuivrées. Et M. Arthur se met à siffler.

— On n'a pas besoin d'aller à la campagne pour entendre les oiseaux, dit Léo, en poussant Barthy du coude.

— Et voici un homme qui ne craint pas les coups de sifflets... Il sifflera toujours plus fort que les autres.

Mais M. Arthur s'écrie douloureusement, avec des larmes dans la voix :

— Monsieur le chef d'orchestre... monsieur le chef d'orchestre !...

Les musiciens s'interrompent. Le capellmeister lève la tête. Pourquoi ce cri de douleur?

— Monsieur le chef d'orchestre, je vous ai pourtant bien recommandé de ne pas reprendre avant que j'aie fait le sansonnet !

Le chef baisse la tête, d'un air qui signifie : « C'est pour cela qu'il allait pleurer et qu'il nous interrompt? » D'un geste machinal, il donne un coup de baguette : « Continuons ! » et sa vaillante troupe d'instrumentistes suit le mouvement.

Après avoir imité le sansonnet et la fauvette, après avoir clôturé, par un brillant concert d'oiseaux, la série de ses exercices, M. Arthur, qui a entendu quelques applaudissements dans la salle, arrondit l'échine, lance plusieurs fois le cou en avant, et content de soi, la bouche toujours en cœur, il gagne la sortie.

Des gymnasiarques lui succèdent, puis un clown musical, qui fait entendre des airs anciens ou nouveaux, soit en agitant des clochettes, soit en passant ses doigts sur les bords de verres de différentes tailles. C'est encore une dame très blonde, dans un maillot blanc, qui, s'enroulant dans des manteaux de couleurs différentes, personnifie, en des poses plastiques, les Saisons, Vénus et la Nuit, sous les reflets violents et changeants des projecteurs.

Les machinistes s'empressent maintenant de planter un décor qui représente une salle de café avec, dans le fond, l'illusion de glaces s'en allant à l'infini.

— Hé, bon Dious ! fait Léo qui, impatiente d'entrer en scène, retrouve, un instant, son accent marseillais, ce n'est donc pas encore terminé, ces numéros? Ils vont donc occuper toute la soirée? Que vont-ils faire, ceux-ci?

— Ce sont les Hockings, les joueurs de billard... Ils font des tours prodigieux... Je les ai vus à Londres, récemment, quand j'y fus avec mes camarades de la Comédie.

Le chapeau à la main, Saint-Alvar s'incline avec une noblesse de grand seigneur devant Léo, qu'en termes rares et fleuris, il complimente sur sa joliesse et son costume. Jamais, même au Théâtre-Français, parmi les plus belles et les plus élégantes interprètes de Marivaux, il ne vit marquise aussi ravissante. Un saxe, elle est un saxe !

Peu habituée à entendre des galanteries dans un langage aussi châtié, Léo se demande si Saint-Alvar ne s'offre pas sa tête à la vinaigrette. Le pensionnaire de la maison de Molière lui a déjà déplu, l'autre nuit, à la brasserie ; loin de monter dans son estime, il dégringole encore de quelques échelons. Il fait trop d'embarras ; et à peine répond-elle par un petit salut, à ses compliments.

— Tu ne joues donc pas, ce soir? interroge Maxime Barthy.

— Si, mon cher, je viens d'interpréter Mascarille... Et, comme j'avais terminé de bonne heure, j'en ai profité pour passer un instant ici... Je suis en affaire avec ces Messieurs pour une revue qui doit succéder à l'opérette...

Il prend place aux côtés de Léo, tire un drageoir de sa poche et lui offre des bonbons.

Elle en prend un ; et afin de faire une bonne niche au comédien et de bien lui marquer que, s'il a conçu des espérances sur elle, il n'a plus qu'à se tenir tranquille, elle présente à Maxime l'extrémité du bonbon fixé entre ses lèvres :

— Tiens, chéri, à toi, la moitié de moi-même.

Saint-Alvar ne semble goûter qu'à demi la

plaisanterie. Néanmoins, il fait bonne contenance :

— J'espère qu'un jour, j'aurai un tour de faveur?

— Je crois que ce jour-là ne viendra pas de sitôt.

Et saisissant à pleines mains les joues de Maxime, l'embrassant à pleines lèvres, elle dit avec un accent de sincérité tel que, pour des gens non avertis, elle pourrait incarner la Fidélité :

— Est-ce que quand on possède un N'Amour pareil, on aurait le cœur de le tromper? C'est une choute, ça, monsieur, une choute en or... T'es beau, ma Lolotte... T'es beau... Viens que je te bise encore sur tes grands yeux.

Mais l'orchestre a préludé ; et elle parle si haut, elle rit si fort qu'un de ces Messieurs Tabarra se retourne, sévère :

— Est-ce qu'on ne va pas se taire par là !

— Oh ! faisons les petits enfants bien sages.

Et, en reprenant la position droite, un doigt au coin de ses lèvres, les yeux baissés, les épaules serrées, comme un bébé sur le point d'être grondé, Léo coule son regard vers la scène sur laquelle, autour d'un énorme billard, quatre hommes se livrent à des carambolages fantaisistes. Ils se couchent à plat ventre, sur le billard, sautent dessus, s'envoient des billes dans la figure ou dans le ventre, se frappent avec des bâtons, recommencent de jouer, tombent sur le sol, se relèvent, s'aplatissent, remontent sur le billard, dansent des gigues et finissent dans des cabrioles éperdues.

— En scène pour l'opérette ! clame le régisseur.

— Et l'homme aux crocodiles, on ne va pas le voir? fait Léo.

— Non, ma chère, répond la grande Irma, tu comprends qu'il ne tient pas tant que ça à répéter... Ce soir, au moins, il ne risquera pas de se faire manger un bras.

— Non?... Penses-tu que ses animaux sont féroces !

— Sûr ! affirme la petite Renée, j'ai entendu ces Messieurs en parler avec le régisseur... Si ces bêtes-là vous attrapent un abatis, ils le gardent pour eux... T'as beau vouloir ne pas le croire... Faut pas plaisanter avec ces animaux. Les crocodiles, c'est pas comme les lions... On ne peut pas les piquer à la morphine...

Un bruit de discussion interrompt les discours. Ce sont les auteurs de l'opérette qui se disputent avec les directeurs. A cause des crocodiles que, dans leur aquarium, débarrassé à présent des planches qui le recouvraient, on aperçoit maintenant, — aquarium qui empiète sur une notable partie de la scène, — les décors de l'opérette perdent un tiers de profondeur.

Les auteurs sont furieux, les Tabarra très calmes. Ils expliquent qu'ils ne s'attendaient pas à ce que l'aquarium fût si vaste et aussi lourd. Une fois placé, on ne peut le déménager.

— Et il sera là pendant toutes les représentations?

— On ne peut faire autrement.

Les auteurs s'indignent. Si l'on n'a pas toute la scène, les artistes seront les uns sur les autres. Et pour les ensembles, pour les danses, comment fera-t-on? Les femmes seront pressées, ainsi que des sardines dans une boîte en fer-blanc. Et ils finissent par déclarer que plutôt que de voir représenter leur pièce dans de telles conditions, ils aiment mieux la retirer.

— N'avons-nous pas raison, Starckel? Nous vous prenons pour juge, demande l'un de ces Messieurs.

Starckel, qui n'a aucune envie de jouer les Salomon, laisse tomber, comme par mégarde, son binocle, le rattrape entre ses mains ; et tout en essuyant les verres avec son mouchoir, — comme si la perte de la vue entraînait celle de la parole, — il ne répond pas et se retire, discrètement, à l'écart.

Ces Messieurs s'efforcent de calmer les auteurs. Retirer leur pièce à présent? Sérieusement, ils ne le pensent pas?

— Nous avons vingt mille francs de costumes! dit un des directeurs.

— Et autant de décors ! reprend l'autre.

— Et ce n'est pas parce que les décors ont six mètres de moins de profondeur qu'on n'appréciera pas tout l'esprit du livret et la verve de la musique...

— Pendant cent représentations.

— Tu veux dire cinquante.

Les auteurs se consultent du regard.

Ils n'ont, hélas ! qu'à s'incliner devant le fait accompli. Mais si, au théâtre, on avale beaucoup de couleuvres, il est plus difficile de digérer des crocodiles... et ils restent un certain temps mélancoliques.

— *Regardez ce décor !... Est-il beau ce jardin?*

Malgré leur mauvaise humeur, librettiste et musicien sont obligés de convenir que ces Messieurs ne les ont pas trompés. De ce jardin tout fleuri, avec ses bosquets légers et son lointain, aux nuances vaporeuses, se dégage le charme d'un paysage à la Watteau.

— Mais les costumes?

— On va les voir... Marynier, tout le monde en scène pour les costumes.

L'étoile arrive jusqu'à la rampe. Elle n'est pas contente. Elle voulait une perruque avec une raie sur le côté, on lui a donné une perruque avec une raie sur le milieu.

— C'est facile à changer, fait un de ces Messieurs.

— Facile? Le perruquier dit qu'il lui faudra quarante-huit heures.

— Mais non !

— Si. D'ailleurs, je m'en moque ! Si je ne l'ai pas demain, pour la première, je n'entre pas en scène... C'est comme mes bas...

— Qu'est-ce qu'ils ont?

— Ils doivent être couleur chair... (Elle retrousse sa jupe et montre ses jambes.) Vous trouvez que c'est couleur chair ? On dirait qu'on les a trempés dans le potage à la bisque...

— Marynier, vous ferez changer la perruque et les bas.

C'est au tour d'un travesti, en marquis Louis XV. La jeune personne, longue et fine, qui tient ce rôle, exprime ses doléances. Son habit et son gilet sont deux fois trop grands pour elle.

Le costumier se fâche :

— Pas du tout... Ils vous vont très bien... Si je les avais faits plus étroits, vous ne pourriez pas respirer et remuer les bras. Vous êtes mince... N'exagérez pas.

— Et vous ? demande l'un des Tabarra à Léo qui s'avance près de la rampe.

— Moi ? Tout va bien.

Elle sourit. Et sous les lumières, avec son tricorne cascadeur, dans le corsage qui allonge la taille, dans le bouffant des paniers, elle est si jolie qu'elle soulève un unanime chuchotement louangeur. Ces Messieurs et M. Starckel, lui-même, sont aussi surpris que charmés. C'est Léo, ça ? Du diable ! s'ils eussent cru que ce petit voyou féminin aurait jamais un air aussi pimpant et distingué. Décidément, on a bien fait de ne pas la mettre à la porte.

Mais voici Darcel ; et le comique éclate en fureur. Son costume est raté, son chapeau est trop large, ses souliers à boucle sont trop grands.

Dans la salle, personne ne bronche. A chaque pièce nouvelle, c'est la même antienne. Qu'il est embêtant, Seigneur ! Qu'il est embêtant ! Il sait bien que tout ce qu'il raconte est faux. Mais il se croit obligé de pester pour attirer l'attention sur lui.

Le librettiste se décide à dire :

— C'est bien, Darcel... On vous arrangera cela. Il est tard... Si nous nous arrêtons longtemps pour examiner chacun d'entre vous, nous serons encore ici demain matin.

Successivement, les choristes, les danseuses, les figurantes viennent s'aligner, sur un rang, devant la boîte du souffleur, les bras le long du corps, dans la position du « garde à vous ». Ces Messieurs et les auteurs font leurs réflexions :

— Pourquoi cette femme-là n'a-t-elle pas de perruque, Marynier ?

— Elle l'a déjà perdue.

— Et celle-ci pourquoi n'a-t-elle pas mis son pantalon ?

La femme pouffe :

— Il a craqué quand j'l'ai essayé.

— Et le Mousquetaire, là-bas ? Qu'est-ce qui lui a appris à se maquiller ?... Regardez ces yeux noirs... On dirait un charbonnier... Et vous, la Bergère ? Tirez donc votre jupe... On voit vos cuisses.

A chacune des observations faites à leurs camarades, les autres femmes ont des rires gouailleurs. Des bouches se fendent en tirelire, des poitrines tressautent. Sans aucune indulgence, elles se divertissent comme des écolières qui voient l'une des leurs coiffée du bonnet d'âne, et elles renchérissent sur les dires des Tabarra et des auteurs, par des mots de barrière ou des plaisanteries salées. Certaines, parmi celles dont on se moque, ne répondent rien, intimidées, rougissantes, clouées sur place par le feu crépitant des plaisanteries ; d'autres, au contraire, se blaguent elles-mêmes, tandis que de vieilles chevronnées, très à la coule, ripostent crûment, sans se laisser démonter un seul instant.

— Place à la scène ! s'écrie Marynier.

A ce commandement, les femmes font demi-tour et gagnent les coulisses, en se pressant les unes contre les autres, au milieu d'éclats de voix, de bruits de talons frappant le plancher, dans une confusion d'épaules nues, pareille à une mer dont les vagues moutonnantes seraient de chair.

Le baron Desmures, qui a accompagné ses deux amies et qui, derrière un portant, a suivi la revue des costumes, se voit tout à coup bousculé et entraîné par le flot qui déferle. Il ne regimbe pas. Il reste, au contraire, avec plaisir au milieu de ces dames, caressant des bras et des poitrines qui ne songent pas à se défendre, humant avec délices leurs odeurs chaudes, leurs parfums musqués et vulgaires, combinés avec les relents fades des blancs gras et des vaselines. Autour de lui, brillent des yeux agrandis par le noir passé sur les sourcils et fixé en gros traits au coin des paupières, avec, en dessous, des cernes bleuâtres. Des visages, aux joues couvertes de rouge, s'ensanglantent de lèvres empourprées par le bâton de raisin. Ces visages qu'il connaît, lui semblent autres, sous la déformation du maquillage et des fards. Les corps prennent aussi de nouvelles allures, dans l'emprisonnement des maillots et des costumes. Et tandis qu'il sent toujours autour de lui ces chairs chaudes et grouillantes, il s'ébroue, comme un jeune poulain, au milieu de ponettes lâchées en liberté, sans que ni Renée ni Irma songent à mettre le holà. Quand il en aura assez de tripoter les camarades, il leur reviendra. Il attelle à deux, mais c'est lui qui est tenu en laisse.

Une heure du matin. L'opérette va s'achever. Tout le monde est en scène, sauf Léo, qui doit entrer, porteuse d'un message dont la teneur amènera brusquement le dénouement. Les choristes se préparent à attaquer le chœur qui précédera le finale :

> Chut ! Chut ! que tout le monde soit sage.
> Voici la porteuse du message.
> Parlons bas
> Plus bas.
> Très bas
> Tra... la... la... a... Tra... la... la... la...

Toutes les têtes sont tournées vers la cou

lisse qui doit donner passage à Léo.

Tout à coup, on aperçoit un tricorne, une épaule, un bras, une jambe qui chavirent ; et Léo pique une tête sur le plancher, les bras écartés, les pieds disparaissant dans la coulisse, comme retenus par une invincible barrière.

Des rires, puis un silence.

Léo, s'aidant des coudes, se traîne sur le plancher. Elle lance un regard en arrière pour voir ce qui l'a si malencontreusement arrêtée et a déterminé sa chute.

D'un bond, elle se relève ; et portant les mains à son visage avec un geste de peur, puis, les agitant en avant, comme pour se défendre contre un ennemi terrible, elle court à toutes jambes, jusqu'à la rampe, la face bouleversée, avec un cri d'effroi :

— Oh ! l'horreur ! Oh ! l'horreur !

Quelle horreur? Pourquoi ces cris? Plaisante-t-elle ? Ou est-ce sérieux?

Comme des gens font mine de se diriger vers la coulisse, afin de voir ce qui s'est passé, elle les arrête :

— Non... Non... N'avancez pas... Prenez garde... Prenez garde !...

Sa terreur gagne tout le monde. D'un mouvement instinctif, chacun des artistes qui se trouvent sur la scène se rapproche de l'orchestre.

— Enfin, qu'y a-t-il ? demande un de ces Messieurs. Est-ce un homme ivre qui est couché en travers de la coulisse? Est-ce une bombe sur le point d'éclater?

Léo va répondre quand des cris aigus éclatent de toutes parts :

— Au secours ! Sauve qui peut ! Ah ! mon Dieu ! Mon Dieu !

C'est une ruée générale vers les coulisses situées du côté opposé à celle par laquelle Léo est entrée. Des dos s'écrasent, des femmes tombent, des perruques jonchent le sol. Et les cris se font encore plus nombreux et plus perçants.

De la scène, l'effroi est passé dans la salle. Les musiciens et les assistants se demandent s'ils ne doivent pas déguerpir eux aussi.

Soudain, une même exclamation jaillit de toutes les bouches :

— Un crocodile !

Avec sa tête écrasée, ses pattes qui semblent donner des coups de rame sur le sol, un crocodile s'avance, en effet, monstrueusement gros, ouvrant et refermant sa large mâchoire, aux dents de scie.

Les spectatrices jettent le même cri que Léo :

— Ah ! l'horreur ! Ah ! l'horreur !

Germaine et Carlo.

Et cédant, elles aussi, à un mouvement de peur, elles font plusieurs pas en arrière.

Comme ébloui par la lumière, l'amphibie marque un temps d'arrêt ; puis, il ouvre de nouveau sa gueule, et battant le plancher de plusieurs coups de queue, il se retourne comme s'il attendait quelqu'un.

Cet appel a été entendu.

Aussitôt, entre un nouveau crocodile, tout petit, celui-ci, tout mince et qui, roulant des yeux vifs, semble dire au premier : « Ne t'impatiente pas, papa... Me voici. »

Nouveaux cris et nouvelle terreur !

Après le père et le fils, la mère va peut-être arriver, avec les oncles, les tantes, les cousins et les cousines, toute la famille? Et déjà, des femmes voient en imagination les crocodiles envahissant la scène, tombant dans l'orchestre, rampant enfin à travers les fauteuils, d'où il faudra les déloger à coups de fusil. Brrr ! Elles frissonnent. Des dents claquent.

Dans les coulisses, ces Messieurs invectivent Marynier. Comment n'a-t-on pas pris plus de précautions? Il n'y avait donc rien sur l'aquarium pour empêcher les crocodiles de s'évader?

— Si... Une grande planche, très lourde... Le dompteur a dit que cela suffisait... Il prétendait que ses animaux, qui débarquent d'Angleterre, étaient fatigués par la traversée et le voyage en chemin de fer... Il devait tout arranger après la répétition.

— Alors le dompteur est encore ici?

— Oui.

— Qu'on le cherche... Et qu'on l'amène sur-le-champ ! Vite...

Les machinistes, les choristes, les artistes se répandent dans les corridors, grimpent des escaliers, appelant à tue-tête le dompteur, qui brille par son absence.

Pendant ce temps, deux autres amphibies sortent de l'aquarium et, suivant la trace de leurs amis, viennent les rejoindre.

— Le dompteur ! Le dompteur !

Il est toujours invisible.

Deux machinistes se décident à arrêter l'évasion de nouveaux crocodiles qui tentent de sortir de l'aquarium. Ils leur appliquent au petit bonheur de rudes coups de matraque.

Tandis qu'ils se livrent à cet exercice, comme si, à la fête de Neuilly, ils tapaient, avec un maillet, sur un pivot de bois pour essayer leurs forces, le dompteur, qui est allé prendre l'air dans la cour proche des coulisses, rentre, flegmatique. Des hurrahs, mélangés d'injures, l'accueillent. Il ne prête pas attention à ces clameurs, il ne voit que les machinistes en train de frapper ses bêtes. Il fonce sur eux, et avec un fort accent anglais :

— Oh ! est-ce que la folie gagne vô?

Mais une foule l'entoure. Cent bouches lui clament ce qui s'est passé, en le traitant d'assassin, et, on ne sait trop pourquoi, de vampire.

Son visage allongé d'Anglais, aux yeux clairs, n'a pas un tressaillement.

— Inoutile d'abasourdir moi... Je comprends... Les petites bêtes, elles ont sauté... Et pourquoi donc ne les avez-vô pas fait rentrer?

Un petit sourire plisse ses lèvres :

— Vô allez vôar... Ce été fécile... *very fécile*...

Et sans sé vôar, il va jusqu'aux crocodiles, prend le petit entre ses bras et appelle les autres : « Théodore... William... Tomy... *Come here... Come with me...* »

Théodore, William et Tomy regardent le patron et s'empressent de le suivre, de toute la vitesse de leurs pattes, comme s'ils disputaient un match.

L'effroi s'est envolé. La folle terreur a fait place à la gaieté. Les rires tintent, les plaisante-ries pleuvent. Ils sont doux comme des moutons, ces crocodiles. Et dressés ! Des mains se tendent pour caresser le plus petit que le dompteur tient toujours entre ses bras. Un cercle de femmes entoure l'aquarium.

— Moi, à présent, ma chère, j'entrerais bien là dedans.

— Moi, pas... Ça doit faire un drôle d'effet de sentir ces animaux-là vous caresser les jambes.

— Tu t'y habituerais.

— Merci ! J'aime mieux qu'on ne les caresse autrement.

— Attention ! Gare la sauce !

Le plus gros des crocodiles vient de plonger dans l'aquarium. Une gerbe d'eau s'élève et retombe en pluie.

— Zut ! Je suis toute mouillée.

— Et de l'eau de mer, ça tache.

— Est-il bête, ce dompteur ! Il ne vous prévient pas.

— Il se moque pas mal de nous ! Regarde-le... Il ne s'occupe que de ses crocodiles... Il leur parle comme à des personnes... Qu'est-ce qu'il peut bien leur raconter?

— Tu ne saisis pas? Il leur dit bonsoir et leur recommande de bien dormir.

— Je voudrais bien en faire autant.

— Il faudra attendre... Tu entends? On nous rappelle pour le finale.

Comme Léo réapparaissait, ces Messieurs s'inquiétèrent de son état. Elle boitait un peu. Est-ce qu'elle s'était fait beaucoup de mal?

— En prenant mon billet de parterre, je me suis écorché un genou... Ça pique... Mais ce ne sera rien... Demain, tout sera guéri.

— Ne rentrez pas en scène... Allez vous reposer.

M. Starckel proposa d'emmener dans son auto la chanteuse et Maxime. On rentrerait à la Caserne tous les trois.

— Ça va !

Avant de se mettre au lit, Maxime plaça une compresse d'eau salée sur le genou de Léo qu'il banda délicatement de toile fine ; puis, comme il la voyait très fatiguée et que, lui-même à cause de veillées tardives, consacrées à la mise au point d'un vaudeville qu'un directeur l'avait prié de retaper vivement, il sentait ses jarrets aplatis et ses paupières lourdes, ils s'endormirent de suite, côte à côte, comme deux petits anges.

Seulement, de temps en temps, Léo avait des détentes brusques des jarrets, de petits cris rauques ; mais le corps, peu à peu, reprenait son immobilité, le visage se rasérénait, un sourire faisait épanouir les lèvres.

Léo, les yeux fermés, apercevait des bandes de crocodiles. Ils voulaient se jeter sur elle, la saisir entre leurs mâchoires et la happer. Puis, tout à coup, ils se dressaient sur leurs queues, perdaient leurs airs féroces et se mettaient à danser. Et l'un d'eux qui s'était coiffé d'un chapeau haut-de-forme et ressemblait à Saint-Alvar, lui disait : « Quand on a un talent comme le vôtre, mademoiselle, ce n'est pas au Music-Hall que l'on doit être, mais à la Comédie-Française ou à l'Opéra. »

Et de leurs courtes pattes, les autres applaudissaient. Bravo ! Bravo !

IX

LES MAQUILLÉS

Le rideau n'avait pas fini de tomber sur le deuxième acte de *Par Elle* ! que la foule hurlante et trépignante acclamait Germaine Lutzys.

Des corps de femmes se penchaient hors des loges et des avant-scènes pour mieux applaudir. A l'orchestre, des mains battaient, des coups de canne ébranlaient le parquet, des doigts tambourinaient sur des chapeaux haut-de-forme, un vent d'enthousiasme soufflait, chaud et ardent comme un vent du désert, grisant les esprits et mettant des flammes aux yeux des spectateurs. Une ivresse transportait cette salle de répétition générale où les plus blasés et les plus rebelles à toute émotion n'avaient pu résister au charme conquérant de Germaine. C'était une de ces minutes où tout le monde vibre et frémit dans une exultation commune, faite du plaisir des sensations éprouvées et surtout, pour ce public particulier, de la joie de découvrir une artiste nouvelle, au talent rare, dont il fera, en une soirée, la réputation.

Deux fois, Germaine vint saluer le public, en compagnie d'Yves Falloux, de Rhigault, d'Angélina Basquier et de Martinette.

Mais, la troisième fois, pour céder aux désirs des spectateurs, elle dut reparaître seule.

Un tonnerre de bravos éclata à faire crouler les murs. Les clameurs devinrent si violentes qu'elles ressemblèrent à des vociférations. Aux galeries, un claqueur trop penché en avant, laissa choir son couvre-chef qui, rebondissant sur le chapeau d'une grosse dame, debout au balcon, faillit provoquer un évanouissement et la perte d'un réticule.

Placé à l'orchestre, à côté de Frantz Davrac Carlo de Berganarès avait applaudi avec tant de vigueur que le journaliste lui demanda :

— Vous n'avez pas mal aux bras ?

Le visage du jeune homme resplendissait encore d'une animation fiévreuse. Sous la frange des longs cils aux pointes recourbées, les prunelles dilatées gardaient une expression d'admiration passionnée. Avec impétuosité, il répondit :

— Oh ! je vous en prie, monsieur Davrac, ne plaisantez pas... N'avez-vous pas été transporté comme moi, en entendant Mme Lutzys ? Quelle beauté ! Quelle voix ! Quel jeu !

Le journaliste avait rencontré souvent Carlo dans les salons où l'on donne la comédie. Il avait été séduit par la gentillesse et l'allant que le jeune homme manifestait quand il connaissait les gens. Aussi avait-il pour lui une instinctive sympathie ; et à un petit Bleu de Carlo lui demandant s'il pouvait l'emmener à la répétition de *Par Elle* ! il avait répondu volontiers par l'affirmative.

Il ne résista pas cependant au plaisir de le taquiner :

— Je conviens avec vous que Mme Lutzys a beaucoup de talent... Mais attendons la fin... Il y a encore un acte... Et cet acte est très dramatique... Mme Lutzys aura-t-elle la force et la vigueur nécessaires dans les passages de violence ? Jusqu'ici, elle nous a charmés... Saura-t-elle ou pourra-t-elle nous émouvoir ?

— Comment supposez-vous ?...

— Le charme n'implique pas la force... Même, ceci empêche souvent cela, comme aurait dit notre vieux Victor Hugo.

— Eh bien ! Je vous affirme, moi, qu'elle sera très dramatique... Tout à l'heure, elle a eu un mouvement de révolte... Il n'a duré que très peu... Mais, rien que par ce mouvement, on voit ce qu'elle pourra donner par la suite...

Il parlait d'un ton bref, avec la certitude de ce qu'il avançait.

En le voyant se monter, Davrac continua :

— Vous émettez des affirmations bien audacieuses... J'ai vu, hélas ! dans mon existence, des centaines de débutantes... J'en ai vu, comme celle de ce soir, triompher victorieusement pendant deux actes... Puis, soudain tout se déclanchait... Et le triomphe se changeait en un succès estimable... rien de plus...

— Il n'en sera pas ainsi pour Mme Lutzys, je vous en réponds... Il est impossible, après ce que nous venons de voir et d'entendre, qu'elle ne soit pas encore plus étonnante au troisième acte que dans ces deux-ci...

— Je le souhaite.

— Votre souhait se réalisera. Car elle n'a pas seulement du talent... elle a presque du génie.

— On voit que vous avez en vous le soleil des Iles-Merveilleuses... Vous vous enflammez facilement.

— Je ne constate que la vérité.

Le coin gauche de la lèvre inférieure de Davrac s'abaissa dans un pli railleur. Comme c'était beau, la Jeunesse !

Mais, malgré son scepticisme, il avait le respect des enthousiasmes. Il ne voulut pas taquiner davantage Carlo et le dos tourné à la scène, il se mit à regarder la salle.

Presque tous les visages qu'il voyait lui étaient familiers. Dans l'avant-scène de gauche, un ministre, en face de lui, un avocat célèbre, ami de l'auteur et de la direction ; dans les loges, des mondaines, que protégeaient des académiciens, des directeurs de journaux ; et se coudoyant, au hasard des places, des demi-mondaines, des artistes réputés, des auteurs, des médecins, des avocats, des banquiers, des clubmen, des financiers, quelques députés et quelques conseillers municipaux parisiens, disséminés dans la foule des critiques, des soiristes et des courriéristes. Par leur valeur professionnelle, leur naissance ou leur fortune, presque tous ceux qui se trouvaient là, étaient connus ou célèbres. La répétition étant très courue, les femmes avaient fait assaut de toilettes et les habits noirs des hommes se mouvaient au milieu de corsages très ouverts et de jupes à longue traîne, de cous cerclés de colliers de perles, de poitrines ornés de pendentifs, de chevelures dans lesquelles frissonnaient des aigrettes ou brillaient des éclairs de diamants.

De même que Davrac, Carlo s'était retourné pour regarder la salle. Mais, peu à peu, les fauteuils se vidaient, les spectateurs gagnaient lentement les couloirs. Il dédaigna ce spectacle pour en revenir à l'idée qui l'obsédait et n'ayant plus le verbe assuré, comme si les réflexions du journaliste avaient ébranlé sa conviction, un peu tremblant à cause de la réponse qu'il attendait :

— Sérieusement, monsieur Davrac, vous n'êtes pas sûr que M\ me\ Lutzys ira jusqu'à la fin de son rôle ?

Il paraissait maintenant si timide et si inquiet que le journaliste pensa qu'il y aurait de la cruauté à « mener le petit plus longtemps en bateau ».

— Rassurez-vous... Je n'ai voulu que vous taquiner... Je serais bien étonné si celle pour qui vous professez une si grande admiration ne terminait pas la soirée triomphalement.

— Ah ! que vous me faites du bien !

Il respira, il se frotta les mains ; puis, repris par un sentiment de défiance :

— Cette fois, vous êtes sincère ?... Vous ne dites pas cela pour me faire plaisir ?

— Non... Mais pourquoi tenez-vous tant au succès de M\ me\ Lutzys ? Vous la connaissez ? Ou vous en êtes amoureux ?

Le visage du Bébé s'empourpra de confusion :

— Oh ! amoureux !... Est-ce qu'elle ferait attention à moi ? Je l'aime comme artiste... comme on aime toutes les femmes de théâtre... car j'adore tout ce qui touche au théâtre... Aux Iles-Merveilleuses, il y avait une troupe d'opéra... A l'insu de mon père et de mon précepteur, je quittais tous les soirs le palais pour aller rejoindre les artistes de la troupe... Comme je me suis amusé avec eux !... Ils sont si gais, si drôles !... Ils ont de si bons cœurs !

— Vous en pincez pour les Maquillés ? C'est de votre âge...

Carlo se cabra :

— Pourquoi les appelez-vous les Maquillés, et sur un ton si dédaigneux ?

— En vous répondant, je vous enlèverais des illusions... Mettons que je n'aie rien dit... Quand vous les connaîtrez bien, peut-être en reviendrez-vous...

— Vous n'allez pas dire que les femmes de théâtre ne sont pas charmantes ? Qu'elles n'ont pas des sentiments exquis ?

Au coin gauche de la lèvre inférieure de

Davrac, le pli gouailleur se creusa, plus profond. Les yeux s'emplirent de lueurs ironiques ; et les mots sifflant à travers les dents serrées :

— Parlons-en de leurs sentiments ! Elles n'ont que des vanités... Au début, oui, elles sont des femmes comme les autres... Mais, il y a le Maquillage ! Arriver à savoir bien se maquiller, tout le secret du théâtre est là !... Grâce aux poudres, aux fards, aux crayons noirs, se composer un visage nouveau, de façon à abolir sa personnalité pour n'être plus que celui créé par la fantaisie de l'auteur, voilà le but vers lequel tout artiste doit tendre... Mais, comprenezvous? A ce maquillage physique correspond le maquillage moral... On ne déforme pas sa physionomie sans déformer sa pensée... De même le cabotinage du geste entraîne celui de l'âme... Le maquillage, c'est du mensonge... Et plus une artiste se maquille bien, plus elle est menteuse...

— Cependant, il y a des cas où les comédiennes montrent qu'elles ont du cœur, de la sensibilité, des élans sincères ou affectueux ?

— Elles le montrent... mais en prenant des attitudes... en se jouant à elles-mêmes la comédie. Sont-elles amoureuses? Elles exagèrent leur passion et retiennent soigneusement un geste ou un cri qui leur auront échappé dans un moment de délire. Sont-elles gaies? Leurs rires sonnent trop haut et trop fort. Sont-elles tristes parce qu'elles ont perdu un amant, un enfant, un parent? Elles se répandent en lamentations et en gémissements. Mais leur douleur ne sera pas telle qu'elles n'aient trouvé un vêtement et un chapeau qui s'accordent avec leur joliesse ; et même, devant la fosse béante, si elles ont une crise de nerfs, elles feront en sorte de tomber en beauté. Quant à leurs pleurs, ils s'arrêteront aux bords des paupières... Le Maquillage est là... Il ne faut pas détruire le Maquillage...

Carlo écoutait le journaliste, effaré.

— Vous êtes dur, monsieur... Mais s'il en est ainsi des femmes, je veux croire que les hommes...

Davrac ricana :

— Les hommes? Ils sont pis... Ils ont tous les défauts des femmes sans avoir l'excuse de la faiblesse et de la beauté... Regardez Yves Falloux... Ce soir, il était furieux du succès de sa partenaire... Au lieu de l'aider, il a essayé de lui couper des effets... Et quand on a rappelé, seule, M\ me\ Lutzys, il lui eût volontiers tordu le cou...

— Enfin, ils sont cependant capables de dévouement et d'amitié?

— Si vous ne faites pas de théâtre, vous pouvez être l'ami d'un artiste, oui... Mais si vous en faites, c'est autre chose... Vous pouvez avoir rendu tous les services à un comédien. Le jour où, si vous êtes auteur, vous lui demandez le plus gentiment du monde de tenir, dans votre pièce, un rôle qui ne lui paraît pas complètement à sa convenance, il se dérobera avec la vélocité d'une gazelle... En vain, invoquerez-vous le passé... Il restera sourd à toutes vos prières...

Sa vanité est en jeu... Et l'amitié d'un artiste s'arrête à sa vanité.

— Oh ! je ne peux pas croire...

— Eh bien, croyez-le... Il y a, ce soir, dans cette salle, une cinquantaine d'auteurs... Si vous vous adressiez à eux, ils vous raconteraient, tous, des anecdotes qui confirmeraient mes dires... Car chacun d'eux a eu, au moins, une fois, dans sa carrière, l'occasion d'être dupé...

L'effarement de Carlo allait croissant. Il lui semblait être devant un jeu de massacres où, les phrases de Davrac faisant balle, renversaient, une à une, ses idoles.

— Comment peut-on arriver à un tel état d'esprit ?

— Hé ! je vous l'ai dit... Par le maquillage. Mais si le maquillage est la condamnation des artistes, il est aussi leur excuse. Comment pouvez-vous demander un équilibre moral, un jugement sain, de la constance dans les relations ordinaires de la vie à des femmes qui, pendant de longs soirs, auront été des Déesses, des Duchesses, des Princesses, qui auront dû rire quand elles avaient envie de pleurer ou pleurer quand elles avaient envie de rire ? Et pourquoi voulez-vous que les hommes tiennent à des amitiés quand ils ont incarné des Dieux comme Jupiter, des héros antiques comme Prométhée, des guerriers comme Napoléon, ou simplement des personnages de pièces modernes, où l'on prône presque toujours la raison du plus fort.

— Vous parlez des vedettes... Mais les autres ?

— Les vanités d'en haut descendent jusqu'en bas. La demoiselle qui apporte une carte sur un plateau, le gosse de quatre ans qui tient la traîne d'une Princesse de féerie, le figurant qu'on aperçoit à peine, l'homme qui traverse la scène en courant, ayant à ses trousses une chasse infernale, celui qui, dans la coulisse, souffle dans un verre de lampe pour imiter le rugissement du lion, tous et toutes sont persuadés de leur importance.

— Le maquillage est donc partout ?

— Oui... Et son effet ne s'étend pas seulement aux artistes, mais à tous ceux qui touchent au théâtre... Contaminés, le directeur, le secrétaire, les machinistes et le concierge ! Contaminés, les auteurs ! Contaminés, les critiques et tous ceux qui décrivent des faits et gestes des artistes ! Que, dans cinq minutes, le bruit se répande qu'une comédienne, un peu en vedette, vient de tomber de voiture et s'est foulé le bras, vous verrez dans les couloirs un mouvement pareil à celui qui agite les gens de Bourse dans un moment de panique... Effarement et consternation mêlés... On dirait que la France va prendre le deuil... Le théâtre grossit tout, exagère tout... déforme tout... Et s'il fallait vous en donner une preuve, vous n'auriez qu'à me regarder... Ne viens-je pas de m'indigner et de vous servir de bien grandes phrases, ponctuées de geste de cabotin, au sujet de choses qui ont si peu d'importance au regard de l'Éternité ?

Il prit le bras de Carlo :

— Je vous ai suffisamment ennuyé avec mes tirades... Allons faire un tour...

Le jeune homme consentit. S'il allait souvent au théâtre, il ne fréquentait guère les répétitions générales, et, curieux de mettre des noms sur des physionomies, il trouvait en Davrac un excellent cicerone.

Mais, dans les couloirs, on s'écrasait. Des dos se plaquaient contre des poitrines, des coudes s'enfonçaient dans des côtes. Des chapeaux vacillaient sur des têtes, à cause de bourrades inattendues. Des : « Oh ! monsieur, vous marchez sur ma robe ! » s'entendaient, suivis de : « Toutes mes excuses, madame ! » La dame bougonnait, le monsieur pestait contre les maladroits qui le poussaient. Et l'on avançait avec la même lenteur qu'à un grand mariage, au moment du défilé à la sacristie.

À court de souffle dans cette cohue, fatigué de donner des poignées de mains et d'envoyer des coups de chapeau, Davrac se pencha vers Carlo :

— Si nous allions respirer dans les coulisses ?

— Oh !... Vous pouvez m'y emmener ?

— Et si vous voulez, nous irons jusqu'aux loges... Vous pourrez ainsi présenter vos hommages à Mᵐᵉ Lutzys...

— Oh ! oui... oui !... Dépêchons-nous...

Carlo frémissait de joie. Depuis le baisser du rideau, vingt fois l'envie lui était venue de demander à Davrac de se rendre sur la scène et d'aller saluer Germaine. Il n'avait pas osé. Et voici que le journaliste lui proposait de réaliser son rêve !

Intrépidement, sans se soucier des bousculades, comme s'il eût chargé, il fendit la foule, frayant un passage à Davrac. Et, celui-ci, tout en le suivant, songeait que tout son discours sur les Maquillés aboutissait à un résultat qu'il avait d'ailleurs prévu : M. Carlo de Berganarès désirait faire des bêtises pour des femmes de théâtre. Il en ferait.

Mais s'il entendait commencer avec Germaine, il risquait d'attendre longtemps.

« Et cependant, pensa-t-il, cet éphèbe a un père dont la situation est brillante... Il est riche... Il a des grâces de Chérubin avec des violences à la Casanova qu'il a rapportées de son pays... Tout cela peut enflammer la jeune bourgeoise qu'était hier encore Mᵐᵉ Lutzys !... On verra... Car, pour être trompé, Lutzys le sera... et promptement... Ou bien alors, les règles fondamentales du théâtre n'existeraient plus. »

X

LA GLOIRE !

Séparée par une cloison, la loge de Germaine fermait, d'un côté, un petit salon, de l'autre, un cabinet de toilette. Dans la première pièce, encombrée de corbeilles, de gerbes, de bouquets, les visiteurs se pressaient, en une foule compacte.

— Bigre ! il y a ici autant de monde que dans les corridors, dit Davrac en pressant les mains de Starckel et de Desmures de La Forgerie, qui attendaient dans le petit salon.

— Le crack doit être en train de se faire bouchonner, dit le sportsman. Le temps qu'il mette ses couleurs... Nous en avons pour un certain nombre de minutes.

— Vous croyez? interrogea Carlo qui, si près de Germaine, ne pouvait plus contenir son impatience, et, contre toutes ses habitudes, adressait la parole à quelqu'un qui ne lui avait pas été présenté.

— Oh ! elle n'a pas besoin de se presser... On ne sonnera pas, avant un quart d'heure, la sortie du pesage.

La façon dont La Forgerie comparait Mᵐᵉ Lutzys à une jument estomaquait Carlo.

Au lieu de continuer la conversation avec le baron, il préféra écouter les propos qui se croisaient dans le salon où, mêlés à des professionnels et des habitués de coulisses, des amies de M. et Mᵐᵉ Rioux, aux manières de parvenues, ne tarissaient pas d'éloges sur Germaine. Une grosse dame, à la face rubiconde, à la poitrine abondamment développée, qui, pour cette solennité, avait fait prendre l'air à tous ses bijoux, disait à une autre très plate et non moins endiamantée : « Croyez-vous, ma chère, cette petite Germaine, que j'ai vue haute comme ça !... Aurait-on jamais pensé qu'elle aurait un jour un tel talent?... — Je me rappelle qu'à cinq ans, elle récitait déjà des fables avec un aplomb ! mon mari et moi, nous en restions étonnés. — Oui, mais, ma fille, comme la vôtre, récitait aussi très bien des fables... Et elles ne sont pas devenues comédiennes. — Cette pauvre Mᵐᵉ Rioux, comme elle a dû être tourmentée quand Germaine lui a déclaré sa vocation ! — Ce soir, elle avait tellement peur qu'elle n'est pas venue. A chaque acte, son mari lui envoie porter des nouvelles par le chauffeur. — J'aurais fait comme elle. Songez donc ! Si leur fille avait été sifflée ! — Je ne m'explique pas comment cette petite a pu avoir ces idées... Les Rioux n'ont jamais eu d'artistes dans leur famille? — Jamais. — Il est vrai qu'avec toutes ces comédies de salon, tous ces journaux qui racontent des histoires sur les artistes, ces cours de diction qui pullulent, on tourne la tête à nos enfants. — Soit. Mais je vous déclare que si ma fille avait voulu faire du théâtre, je ne l'aurais jamais revue. — A moins qu'elle ne se conduise et ne réussisse aussi bien que Germaine? — C'est une exception ! Et soyez bien persuadée que si les Rioux sont maintenant très flattés, ils ont dû être auparavant bien ennuyés. Le succès de ce soir, de même que ce mariage avec un ténor extraordinaire, ce sont des choses uniques. — Enfin, pour les Rioux que j'aime beaucoup et pour Germaine qui,

malgré ses allures libres, a un cœur d'or, je suis heureuse que tout se soit aussi bien passé — Elle m'a fait une impression ! — Elle est admirable ! — J'ai, à côté de moi, un monsieur que je ne connais pas... Mais c'est certainement un critique très influent, car tout le monde lui dit bonjour... Or, ce monsieur n'en finissait pas d'applaudir. — Comme moi... Germaine me doit une paire de gants... J'ai tellement battu des mains que j'ai fait craquer les miens. »

Carlo n'avait pas prêté attention aux passages doucereusement aigres du dialogue. Il ne retenait que les compliments et les louanges. Mais comme ces dames passaient à un autre sujet de conversation, il écouta Davrac en train de causer avec Starckel :

— Notre maison, mon cher, la Caserne des Artistes, comme vous l'avez baptisée, est devenue, j'ose dire, une véritable pépinière d'étoiles... Avant-hier, c'était Léo qui triomphait, au *Cocorico*...

— Je n'étais pas à la première, dit Starckel. Ça a bien marché? Les crocodiles ne lui sont pas restés sur l'estomac?

— Barthy l'avait aidée à les digérer... Et elle a eu un de ces succès !... Aussi éclatant dans son genre que celui de Mᵐᵉ Lutzys... Le proverbe dit « Jamais deux sans trois. » Quel sera le troisième phénomène qui illustrera notre habitation? Au fait, n'est-ce pas vous qui m'avez parlé d'un Espoir qui habite notre Caserne et qui a une voix merveilleuse?

— Mˡˡᵉ Marie Blinchard? Oui... Vous l'entendrez prochainement... Elle complétera la série...

— Puisque vous vous intéressez à elle...c'est certain. Vous portez la veine à toutes les femmes que vous protégez.

Starckel jeta un coup d'œil inquiet autour de lui. Pourvu qu'il n'y eût pas là une débutante en mal de protection !

— Parlez plus bas, misérable !... On a su, je ne sais comment, que je m'intéressais à Mᵐᵉ Lutzys et à Mˡˡᵉ Blinchard... Et depuis, ç'a été chez moi un défilé de toutes les femmes de théâtre qui sont nos voisines... Certaines me disaient que leurs amants mettraient volontiers à ma disposition des sommes importantes pour les faire jouer... D'autres essayaient de me prendre par les sentiments... Les dernières, enfin, me proposaient...

— N'achevez pas... J'ai saisi.

— Oh ! c'est bien mieux que vous ne le pensez... Il y a deux jeunes personnes qui sont venues ensemble... Et elles m'ont fait comprendre...

— Que le badinage à trois était très bien porté à cette époque?

— Cette façon de s'offrir !... Je les ai flanquées à la porte... Je ne suis pas vertueux, mais la bêtise dans le vice me dégoûte...

Carlo écoutait, avec intérêt. Cette conversation achevait de le fixer sur les Maquillés. Quoi ! Pour un rôle, pour un article, les femmes faisaient des avances et se donnaient avec désinvoiture? Leur prurit de réclame cherchait à éveiller d'autres prurits. Écœuré, il trouvait plus honnêtes, les demoiselles du Bois et des restaurants de nuit. Elles n'abritaient pas leurs marchés sous le pavillon de l'Art.

Mais il ne voulait pas admettre qu'il en fût ainsi à tous les degrés de la hiérarchie théâtrale..

— Ne te presse pas trop, mon enfant, disait M. Rioux.

— Mais, père, à chaque instant, on frappe à la porte... Tu entends toutes ces voix?...

— Elles seraient moins nombreuses si vous n'aviez pas eu autant de succès ! répondit Lutzys qui, le chapeau à la main, la pomme de sa

Léo descend de l'auto.

Celles dont on venait de parler étaient des malheureuses, qui se vendaient pour vivre. Une artiste, comme Germaine, par exemple, ne se résoudrait jamais à de si honteux compromis.

En ce moment, celle-ci, aidée de sa femme de chambre, sous la surveillance de Mlle Harriett, qui avait tenu à jeter un dernier coup d'œil aux toilettes de sa cliente, revêtait sa robe du troisième acte.

canne aux dents, semblait être en visite.

Dans cette loge chaude, crûment éclairée, emplie de parfums violents et de frissons, le ténor était aussi calme que sa femme était agitée. Il avait eu des sourires et des compliments fleuris à son adresse ; mais il n'avait pas eu, comme M. Rioux, cet élan brusque qui avait jeté le père dans les bras de sa fille, élan qui leur avait arraché des larmes, tandis qu'ils s'étreignaient nerveusement.

Malgré la fièvre et le branle-bas de cette soirée, il restait le beau chanteur, au sourire fin, aux airs de diplomate, légèrement protecteur du haut de sa poitrine bombée.

Germaine lui en voulait de ce calme dont il ne se départissait pas. Certes, cela seyait à sa physionomie qui se marquait ainsi de noblesse. Néanmoins, elle eût désiré qu'au risque d'altérer la régularité de ses traits, il montrât plus d'émotion et d'enthousiasme.

Elle avait admis ce calme lorsqu'aux sons des orgues frémissantes, il l'avait conduite à l'autel, sous les hautes voûtes de la Madeleine, tandis que résonnait encore dans son oreille ce cri d'une midinette : « Oh ! c'qu'il est chic, le marié ! » Sous les milliers d'yeux qui convergeaient vers lui, il était en représentation. Qu'il paradât, c'était son rôle. Il devait être pour la foule, l'admirable et hautain ténor.

Mais elle espérait que, dans l'intimité, il aurait de l'abandon, plus de laisser-aller, qu'il quitterait de temps en temps, pour elle, ses attitudes de théâtre. En quoi, elle s'était trompée. Le maquillé dominait l'homme.

Même quand ils étaient en tête à tête, il ne s'essayait plus à trouver de ces mots ingénieux et de ces réflexions piquantes qui s'échappaient, nombreux, de ses lèvres, alors qu'il faisait sa cour. Il avait de longs mutismes ; ou bien s'il ouvrait la bouche, c'était pour parler surtout de lui-même et de ses rôles.

Amoureux, il l'était sagement ; et le mariage n'avait pas révélé à Germaine ces ivresses frénétiques célébrées dans tant de pièces qu'elle avait lues ou vu jouer. Dès le lendemain de leurs noces, ils avaient fait chambre à part ; et prétextant la fatigue des représentations, il avait usé très souvent du droit de dormir seul.

Aussi, quoique six semaines, seulement, se fussent écoulées, le ménage tournait à l'association, sans que Germaine eût connu ces flambées de passion auxquelles elle s'attendait, tellement, avant qu'elle ne fût sa femme, Lutzys avait bien joué la comédie de l'amant violemment épris.

Sa toilette était enfin achevée. Elle se regarda une dernière fois dans la glace, donna un coup de main à une mèche de cheveux rebelle, et elle commanda à la femme de chambre d'ouvrir la porte.

Un flot de gens se précipita, des exclamations retentirent : « Oh ! ma chère belle ! ma petite mignonne ! On peut enfin vous voir... ! »

Elle dut se défendre contre des amies qui voulaient l'embrasser, ne se doutant pas qu'elles allaient détruire l'harmonie du maquillage. Pendant ce temps, des hommes lui saisissaient les mains et les baisaient, dévotement. Les compliments, les louanges pleuvaient, sans relâche ; car les premiers assistants étaient refoulés, poussés, chassés dehors par ceux qui survenaient, et ceux-ci, chassés à leur tour, devaient céder leurs places à d'autres.

A la longue, la notion des choses lui échappait. Dans ce défilé de gens connus, il en était pour elle de totalement inconnus. Et elle finissait par perdre la tête et s'embrouiller dans les noms.

Elle abandonnait ses mains à qui voulait les prendre, les laissait embrasser aussi longtemps qu'on le désirait, répondant par d'éternels : « Merci ! Oh ! merci ! » à tout ce qu'on lui disait.

Mais, son sourire éclatant, ses yeux où passaient des ivresses, décelaient toute sa félicité. Elle l'avait, ce soir de victoire, qu'elle avait si souvent rêvé et qu'elle avait si longtemps attendu ! Combien de fois, avant de s'endormir, sous le rideau des paupières closes, elle s'était imaginé ce moment, où après l'explosion délirante de la salle, elle verrait défiler devant elle des admirateurs, encore sous le coup de l'émotion qu'elle leur aurait donnée? Depuis des mois et des mois, elle avait vécu dans cette attente, passant de la certitude au doute, et ayant, après des transports de joie, de lamentables découragements.

A présent, arrière, les doutes ! voici la tangible Réalité. Voici les regards extasiés et l'encens des admirations.

Elle se sent devenir une des Reines du théâtre.

Elle se souvient du regard haineux que Angélina Basquier lui a lancé, en sortant de scène. Elle entend encore Martinette lancer à pleine voix, tout en la regardant : « Vrai ! ce soir, ils ne sont pas difficiles, dans la salle ! » Jusqu'à Domino, un gros comique, qui n'a que quelques lignes à dire, qui lui a reproché de lui avoir coupé un effet !

Loin de l'accabler, ces haines et ces jalousies la font sourire. C'est autant de preuves de son succès.

Et elle vit des minutes exquises.

Du premier coup, elle a senti les frissons de la Victoire. Sans doute, les connaîtra-t-elle de nouveau ; mais jamais plus, ils ne seront aussi enivrants.

Dans un coin, M. Rioux, encor plus ému que sa fille, reçoit les félicitations de ses amis. Par crainte de commettre des impolitesses, il salue tout le monde, distribue des poignées de mains, au hasard, regrettant que sa femme ne soit pas là. Quel orgueil elle aurait !

Lutzys salue et remercie aussi ceux qui viennent à lui. Un peu à l'écart de Germaine, ayant déposé maintenant sa canne et son chapeau, il a l'air d'être dans sa propre loge ; et il reçoit les compliments qui vont à sa femme, avec un petit sourire suffisant et ironique, comme s'ils s'adressaient à sa propre personne.

Mais Germaine aperçoit Starckel :

— Oh ! que c'est gentil d'être venu me dire bonsoir !... Je n'oublierai jamais combien vous avez aidé à mon succès.

Starckel échange un regard ironique avec Davrac. Combien de fois l'ont-ils entendue, cette phrase, dans leurs existences? Combien d'artistes leur ont juré une éternelle reconnaissance qui, six mois après, ne se souvenaient plus de leur serment, quand elles ne les débinaient pas?

Elle ne saisit pas ce regard. Après Starckel, elle remercie Davrac d'un portrait qu'il a tracé d'elle, avant la première, dans son journal.

— Vous m'avez gâtée, trop gâtée.

— Pas du tout, fait Desmures de La Forgerie. Il vous a très bien handicapée... Vous venez de fournir une de ces courses !... Avec vous, pas besoin de dopping, ni de cravache... Vous menez un train !... A cent longueurs, les autres. Quelles foulées, bon sang, quelles foulées vous avez eues !

Ce dithyrambe hippique la fait sourire quand elle sent la caresse de deux yeux noirs qui se pose sur les siens. Où a-t-elle aperçu ces yeux?

D'un effort de pensée, elle se retrouve à la maison Barquin. Elle revoit Carlo de Berganarès assis en face d'elle et la dévisageant.

De nouveau, il est en face d'elle, timide, rougissant ; et si ému qu'il ne se rappelle plus les phrases qu'il avait préparées, il balbutie des mots sans suite. Mais il n'a pas besoin de parler pour qu'elle comprenne ce qu'il veut dire. Il la trouve admirable, parbleu !... Et de tous les compliments qu'elle a reçus, ce sont ceux-ci, qui, mal exprimés, lui font le plus de plaisir.

Il est, d'ailleurs, toujours très joli, le bébé. Dans son habit, ouvert sur un gilet blanc, avec sa taille longue et fine, il a une sveltesse conquérante ; *et comme il lui embrasse la main,* elle la lui abandonne longtemps.

Est-ce parce qu'il se sent encouragé? Il retrouve soudain de l'aplomb ; et les phrases jaillissent de ses lèvres, si lyriquement vraies, dans leur ingénuité, qu'elle l'écoute, sans voir Marie Blanchard et son père qui, depuis quelques instants déjà, attendent avec impatience le moment de la saluer.

Elle dit enfin, en dégageant sa main :

— Je suis infiniment touchée, cher monsieur. J'espère que vous reviendrez me voir après le troisième acte?

— Oh ! certainement.

— J'ai peur... Je me demande si je n'aurai pas de défaillance.

— C'est impossible...

— Si je ne vous revoyais pas, j'espère, dans tous les cas, que vous me ferez le plaisir, d'autres soirs, de venir faire un bout de causette dans ma loge?

— Vous m'autorisez?... Oh ! madame, que vous êtes bonne ! J'userai de la permission.

Il retourna s'installer dans son fauteuil. A la fin de la pièce, Germaine fut acclamée. Il pleura de joie.

Vers deux heures du matin. Carlo de Berganarès était en compagnie d'une bande d'amis chez Maxim's. Après des kummels glacés, il avait bu beaucoup de champagne, et fortement allumé, il accompagnait à haute voix les valses déchaînées par l'orchestre.

— Qu'est-ce que tu as, Carlo? demanda un des convives. Toi, qui ne bois pas et ne chantes jamais, tu t'en payes, ce soir !

— C'qu'il a? fit une demoiselle très peinte et très versée dans les choses de la galanterie, c'est qu'il est amoureux... Je connais ça... Chaque fois que ça m'arrive, je me cuite.

Ainsi, dans un langage vulgaire, cette courtisane fixait le véritable état d'âme de Carlo. Les philosophes ne sont pas les seuls à émettre des aphorismes définitifs.

XI

L'ENFER DES MAQUILLÉS

D'une immense auto, dont le confortable intérieur était luxueux comme celui d'un petit salon, *Léo descendit,* en disant au revoir à un jeune homme, long et mince, dont les yeux caves luisaient dans une face de cire.

— A cinq heures et demie, au bar? murmura-t-il d'une voix dolente.

— Oui... Stane.

Une porte poussée, elle fut dans le vestibule, de plain-pied avec la rue, du Paris-Bijou, un petit théâtre à côté.

A gauche, le bureau de la location où la buraliste attendait, devant une feuille blanche, des clients qui ne semblaient pas pressés de venir. Au fond, le contrôle, vide — car il était deux heures de l'après-midi, — de son personnel habituel. Çà et là, des auteurs et des artistes, qui bavardaient en fumant.

— Est-ce que Mlles Renée et Irma sont arrivées? demanda Léo à la buraliste.

— Je crois que oui...

Elle n'eut qu'à franchir une des portes placées de chaque côté du contrôle, et elle se trouva immédiatement dans la salle. Du plafond vitré tombait une lueur louche qui éclairait à peine les boiseries blanches de cet endroit pimpant et coquet, le soir, aux lumières, triste et froid à cette heure de la journée.

Léo fut un certain temps avant de découvrir et de reconnaître ses amies, qui, blotties sous l'avancée du balcon, semblaient être au fond d'une cave.

— Vous ne répétez donc pas?

Répéter? Léo en parlait à son aise ! s'exclamèrent les deux petites femmes. Afin de faire plaisir à un ami de La Forgerie, elles avaient consenti à jouer un acte, mêlé de chants et de danses, au Paris-Bijou. Mais, d'abord fières de s'élever jusqu'à la comédie, elles regrettaient à présent cette fantaisie.

Quelle boîte que ce théâtre ! Toujours à court d'argent et passant son temps à la recherche d'auteurs riches qui, pour être joués, deviendraient ses commanditaires, le directeur ne faisait que de rares apparitions à l'avant-scène. Aussi, tout le monde commandait : le régisseur, le secrétaire, l'administrateur, les auteurs et les artistes. Nulle heure exacte pour les répétitions.

Un laisser-aller, un flottement général, de telle sorte que les spectacles passaient toujours un mois après la date primitivement fixée. Car les auteurs de métier retiraient souvent leurs pièces ; les artistes, qu'on avait oubliés de payer, s'en allaient vers des endroits où les attendait un gain assuré. Aussi, avant que les six actes qui composaient le programme ne vissent le feu de la rampe, vingt autres avaient-ils été successivement et inutilement essayés.

Sur la scène, deux femmes et un homme, en toilette de ville, écoutaient d'un air morne les lamentations d'un auteur furieux.

— Tu vois comment ça se passe, dit Irma à Léo. Ils ont besoin du pianiste. Et celui-ci est déjà en retard de trois quarts d'heure... Comme nous devons répéter après eux, nous avons du temps devant nous... Ne restons pas ici... Allons dans le vestibule... On sera mieux...

— Allons, viens, mademoiselle Frissonnette, ajouta Renée, en prenant le bras de Léo. Car tu sais, maintenant, je ne t'appelle plus autrement... On t'en a collé des affiches pour annoncer ton début dans la revue de Berthy !

— On ne voit plus que ça dans Paris.

— Tu finiras par être plus connue que le Président de la République.

Elles étaient arrivées dans le vestibule. Simultanément, Irma et Renée tombèrent en arrêt devant le manteau de zibeline qui couvrait leur amie, du cou jusqu'aux pieds.

— Peste ! mon impératrice, voilà bien une pelure de vingt mille... C'est Stane qui t'a offert ça ?

— Oui.

— Et ce chapeau !... Cinquante louis, hein ?

— Neuf cent cinquante francs.

— Tu vas faire la pige aux Rothschild...

— Stane est assez au sac... Il peut casquer...

— Et autant que ce soit Frissonnette qui en profite... Il n'est pas d'ailleurs si amusant... Est-ce qu'il t'a loué l'hôtel de la rue de Prony ?

— Je commencerai à m'y installer le mois prochain.

— Veine ! Une crémaillère à pendre... Mais, au fait, qu'est-ce qui nous vaut l'honneur de votre visite, princesse ?

— C'est à cause de Stane... Je dois le retrouver à six heures, au bar de la Paix... Il m'a chargée de vous dire que vous veniez nous y rejoindre avec La Forgerie... Je suis passée pour vous l'annoncer... et en même temps pour vous prévenir que vous ne fassiez pas d'impairs...

— A quel sujet ?

— Stane n'est pas jaloux ? demanda Renée.

— Oh ! Certainement non, répliqua Irma. Et il aurait tort de l'être... Il peut donner de l'argent à une femme... Mais c'est tout ce qu'il peut faire... A force de s'abrutir avec de la morphine, de la cocaïne...? Et est-ce qu'il ne s'est pas mis à fumer de l'opium...?

— Depuis six mois, oui... Il me l'a avoué.

— Il est complet... Il finira par se faire claquer... et vivement.

Frissonnette leva les yeux au ciel. Cette issue fatale était à redouter.

— Enfin, reprit-elle, s'il n'est pas jaloux, il est tout de même trop chic avec moi...

— Pour que tu ne le trompes pas ?... Oh ! bien, si tu te gênais, tu en aurais une vertu !

— Je ne dis pas cela... Mais, il y a mes deux amis...

— M. Fourneau... et l'autre, le négociant de Lille...

— Tu voudrais les conserver quand même ?

— Pas du tout... J'ai déjà rompu avec le premier, ce matin...

— Sans tirage ?

— Avec beaucoup de tirage... Il a même pleuré, le pauvre vieux... Ça m'a fait quelque chose... Mais, comme il a sa femme, des enfants...

— Il a de quoi se consoler... Et l'autre ? L'homme du Nord ?

— Lui, il arrive, ce soir... Mais, cette nuit, c'est le Réveillon... Stane s'attendait à me voir souper avec lui... Et je ne peux pas... puisque l'autre vient exprès pour réveillonner avec moi et que je veux justement profiter de sa présence à Paris pour lui signifier son congé...

— Bien... Mais, nous, qu'est-ce qu'on peut faire pour toi ?

— Voilà... J'ai dit à Stane que j'avais l'habitude de réveillonner tous les ans, à la maison, avec maman et des amis qu'elle invitait... Une habitude sacrée à laquelle je ne pouvais manquer...

— Sans quoi, le ciel te tomberait sur la tête...

— Il n'a pas manifesté de mauvaise humeur... Il est si veule...! Mais, enfin, cela peut l'ennuyer, tout de même... Aussi, pour qu'il soit bien persuadé que je ne lui mens pas, vous raconterez tout à l'heure que vous avez rencontré ma mère, que vous savez que je soupe avec elle et même que, si vous n'aviez pas réveillonné avec La Forgerie, vous seriez venues avec nous.

— Mais s'il lui prenait fantaisie d'aller te relancer, chez toi, dans la nuit ?

— Il n'y a pas de danger... Il n'a jamais voulu mettre les pieds à la maison...

— Il craignait peut-être d'y rencontrer d'autres personnes ?

— Probablement. Et c'est pourquoi il m'a loué un hôtel.

— A femme neuve, cadre neuf... Eh bien ! sois tranquille... On agira comme tu l'as demandé...

Frissonnette allait se retirer quand elle vit Saint-Alvar qui la saluait d'un coup de chapeau d'une envolée telle que, s'il eût eu le bras un peu plus long, il eût touché le plafond.

D'un coup d'œil, il jugea, avec la sûreté d'un commissaire-priseur, la valeur de la fourrure et du chapeau de la chanteuse ; et, immédiatement, il s'extasia.

Elle coupa court à son extase.

— Que venez-vous faire ici ? Vous n'êtes donc jamais à la Comédie-Française ?

— On répète toujours des pièces dans lesquelles je ne joue pas. Tous les beaux rôles vont aux chefs d'emploi... Je profite de ma liberté pour venir voir une de mes élèves qui doit débuter ici...

— Vous donnez donc des leçons?

— Quand il vous plaira de me mettre à contribution, je serai tout à votre service... Vous feriez vivement une comédienne accomplie...

— Merci ! Il me suffit d'être chanteuse.

Un petit rire dédaigneux souligna la phrase ; et elle se disposa à lui tourner les talons. Mais les moqueries, les dédains, même les rebuffades de la jeune femme ne le décourageaient pas. Tout cela semblait glisser sur lui, comme de l'eau sur le marbre.

— Vous ne voudriez pas créer une pièce en vers que je viens de terminer?

— Où?

— Au Club de la Musique et des Arts... Je ne vous parle pas du cachet qui, cependant, est intéressant... Mais les représentations sont très suivies... On joue une fois pour les membres du Cercle... Une autre fois pour leurs familles... Il y a là des dames du plus grand monde... Et plus d'une artiste cherche à paraître dans ces représentations...

— Je crois que j'y ferais mauvaise figure... Une pièce en vers !... Vous n'y songez pas... Je ne sais chanter que des couplets...

— Réfléchissez toujours...

— Non... non...

Cependant, lorsqu'elle fut dans l'auto que Stane lui avait renvoyée, la proposition de Saint-Alvar lui parut digne d'attention. Elle possédait des qualités innées de comédienne. Pourquoi ne les développerait-elle pas? Non point, puisque sa voix était solide, pour renoncer au chant, mais, au contraire, pour se perfectionner et mettre en valeur, d'une façon raisonnée, des dons qu'elle tenait de son seul instinct. Oh ! elle ne se leurrait pas sur les intentions de Saint-Alvar. Il ne voulait pas lui donner des leçons dans le seul but d'aider à sa gloire ; d'autres motifs le poussaient, qui étaient moins nobles.

Un sourire plissa ses lèvres ; une idée lui vint, amusante :

« S'il me propose son cœur et le reste, pensa-t-elle, je riposterai en lui payant ses leçons... L'argent... Est-ce que ça compte pour moi à présent ? »

Et en effet, Stanislas Laverrière, que ses amies appelaient simplement Stane, n'était-il pas là? Ne possédait-elle pas en lui un coffre-fort vivant? Depuis six semaines qu'elle le connaissait, combien d'argent lui avait-il donné ! Et, avec cela, si peu encombrant !

Orphelin de bonne heure, héritier de mines de charbon que son père lui avait laissées et dont le revenu était considérable, il avait rêvé la gloire littéraire.

À dix-huit ans, Stane Laverrière écrivait des vers, commanditait des revues, fréquentait des cénacles. La mode était alors chez les poètes, afin d'exalter leurs pensées, de recourir aux cocktails étranges, au haschisch, à l'éther et à la morphine.

Les mœurs grecques y étaient tenues en honneur, de même que les pratiques sataniques. Bientôt, Stane n'écrivit plus de vers ; mais il usa des excitants et des voluptés païennes et sataniques avec allégresse. Les conséquences de ces excès furent

Stane Laverrière.

fâcheuses. Stane, qui avait, à l'heure actuelle, trente ans, en paraissait quarante-cinq. Sa face ravagée, ses gestes las, sa démarche incertaine accusaient une lassitude constante ; et si, grâce aux piqûres de morphine ou de cocaïne, son cerveau orné de connaissances rares, par le nombre prodigieux de volumes qu'il avait absorbés, se réveillait parfois, il restait le plus souvent comme engourdi, dans une sorte de nuageuse ivresse. Pendant quelque temps, le jeune homme avait essayé de se soustraire aux drogues fatales. La suppression de ses poisons favoris lui avait causé de telles souffrances qu'il était revenu vivement à son vice, se laissant aller à une déchéance dont il constatait chaque jour les progrès de plus en plus rapides, mais contre laquelle il se sentait désormais incapable de lutter.

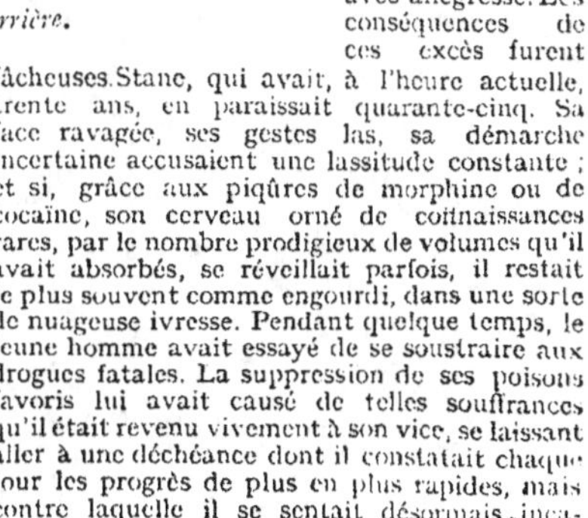

L'auto arrivait à la hauteur du boulevard de Strasbourg. Placardées contre les palissades d'une station de métro en construction, des affiches représentaient Frissonnette dans un des costumes de la revue.

La vue de ces affiches lui fit oublier Stane ; la cabotine reprit le dessus. Après un coup d'œil charmé, lancé à ces placards coloriés, proclamateurs de sa gloire, elle songea au but de sa course.

Hier, Maxime Barthy avait trouvé si original le refrain d'une chanson marseillaise qu'elle fredonnait devant lui, qu'il voulait intercaler le morceau tout entier dans sa revue. Mais, si elle connaissait le refrain, elle ignorait la musique des couplets. Et elle s'en allait à la recherche d'un cabot, un vieux comique de province, qui avait à son répertoire cette production lyrique.

L'auto s'était arrêtée. Léo-Frissonnette s'engouffra dans une salle de café, où, lorsqu'il était à Paris, le cabot tenait ses assises. Elle le connaissait, ce café, pour y avoir fait de longues stations, lorsqu'elle était en quête d'engagements. Elle en connaissait les coins et recoins, les physionomies des garçons et de la caissière, celles des habitués, employés et commerçants du quartier voisin avec les faces glabres des artistes de cafés-concerts qui s'y donnaient rendez-vous.

Elle tomba sur un quatuor en train de se livrer à une sérieuse partie de dominos, dont les coups étaient suivis et discutés par des camarades assis ou debout. L'assistance était nombreuse, mais les consommations rares. Les vêtements râpés des hommes, les robes fripées des femmes témoignaient de sérieuses infortunes. Des maigreurs s'indiquaient, faméliques.

A l'arrivée de Léo, la partie de dominos s'arrêta net.

— Comment ! Madame daignait se déranger et revenir voir ses anciens camarades? fit un des joueurs de dominos.

— C'est bien toi, qui s'appelle maintenant Frissonnette? demanda un autre.

— Oui.

— Eh bien ! tu peux dire que tu en as fait du chemin depuis qu'on ne t'a vue !... Ça a été rapide... Et ce que tu es bien nippée !...

Il y avait là quelques cabots arrivés qui chantaient dans des concerts classés. Mais la plupart paraissaient dans des bouibouis ; et devant la transformation de cette Léo, qu'ils avaient connue courant le cachet et battant, comme eux, la dèche, un sentiment de jalousie les animait tous. Les compliments suaient l'envie.

Elle s'attendait trop à cet accueil pour avoir une minute de surprise. Bonne fille, elle serra les mains, demanda des nouvelles de chacun ; et comme elle avait commandé une tournée générale, les mines se détendirent. Évidemment, c'était dégoûtant de voir arriver si vite une femme qui n'avait pas plus de voix que les autres, qui en avait même bien moins que les autres ; mais enfin, elle ne posait pas, elle restait une « copine », et le fait était si rare qu'on pouvait montrer quelque indulgence envers elle.

Frissonnette demanda :

— Vous n'avez pas vu Roustard?

La réponse fut négative. Il était parti, croyait-on, à Rouen, pour « faire une semaine » dans un beuglant de l'endroit. Depuis, on ne l'avait pas revu.

— Il est peut-être resté là-bas?

— Non, dit quelqu'un, je l'ai rencontré il y a quinze jours environ, près de la Porte Saint-Denis. S'il ne vient pas ici, c'est qu'il a changé de café. Il doit plusieurs consommations à deux garçons d'ici... Alors... !

Oh ! alors, il n'y avait pas besoin de donner plus de détails. On comprenait. En attendant qu'il pût régler sa légère ardoise, — et l'on admirait qu'il pût en avoir fait une, — il avait changé d'établissement.

Léo se remit en route et s'en fut au « Louis XVII », un autre café où elle rencontra de nouveaux camarades. Elle y reçut un accueil identique au précédent ; mais Roustard était toujours invisible. Il lui fut même déclaré que, ici, on ne l'avait pas aperçu depuis des mois.

Il ne lui restait plus qu'un dernier endroit à explorer, « La Petite Bohême », où Roustard allait quand il était tout à fait à la côte.

Avant d'y pénétrer, elle se fraya un passage à travers des cabots qui obstruaient la terrasse, tout en se livrant à des conversations animées. A l'intérieur du café, garni de tables poisseuses et de banquettes avachies, elle retrouva des visages glabres et des physionomies de femmes aux maquillages douteux. Certains d'entre les hommes avaient des airs équivoques d'apaches ; plusieurs de leurs compagnes ressemblaient à des pierreuses. L'enseigne de l'établissement était menteuse. La Petite Bohême? Non, la Grande, avec son cortège de vices, de tristesses et de désespoirs.

En cet endroit, Frissonnette n'avait fait que de vagues apparitions. Elle y connaissait peu de monde. Son entrée suscita des regards mauvais et des ricanements féroces. Qu'est-ce qu'elle venait faire ici, cette Margot, avec sa fourrure, son chapeau extravagant, ses mains chargées de bagues? Ce n'était pas une artiste, ça, mais quelque femme entretenue. On ne devait pas tolérer une intruse pareille qui, avec son luxe, avait l'air d'éclabousser tout le monde. On était des pannés ; on n'avait pas de boulot tous les jours. Mais on était des artistes. Si les femmes, qui se trouvaient là se conduisaient mal parfois, elles avaient toujours une profession ! On pouvait aller dans les agences lyriques, on y verrait qu'elles étaient connues.

Subitement, Frissonnette sentit toute l'animosité qui s'élevait contre elle. Son aplomb l'abandonna ; et ce fut difficilement qu'elle s'avança jusqu'au fond de la salle.

Roustard n'était pas là.

Comme elle revenait sur ses pas, des gens qui allaient et venaient la bousculèrent.

Elle serra instinctivement une bourse en or qu'elle tenait à la main.

En voyant qu'elle ne trouvait personne, un vieux cabot, aux chicots noirs dans une bouche de grenouille, qui fumait une courte pipe violemment culottée, lança :

— Madame doit se tromper... Elle a cru entrer dans un café de grues... C'est la porte à côté, madame.

Six mois auparavant, quand elle n'était pas encore si bien habillée, elle lui eût cloué, d'un mot sec, le bec, au cabot ! Maintenant, elle n'osait plus. Et elle précipitait le pas, quand une voix l'appela :

— Léo ?

Elle se retourna ; elle vit une petite femme aux joues creuses, si maigre et si décharnée, qu'elle hésita avant de prononcer son nom.

— Solange ?

— Tu la connais ? demanda le vieux cabot à la femme si maigre.

— Oui... C'est une amie... On a chanté ensemble.

Les regards se firent moins mauvais, les réflexions désagréables s'arrêtèrent. Puisque c'était une camarade !

Léo s'était mise vivement aux côtés de Solange qui, d'une voix étouffée, la félicitait.

— C'est bien toi, Frissonnette ?... Je t'ai reconnue sur les affiches... Oh ! que je suis contente de te revoir ! Je me demandais toujours ce que tu étais devenue...

Sa misère qui se trahissait dans sa robe usée et rapiécée, dans sa jaquette d'été, aux manches trop courtes, ne s'offusquait pas de l'élégance de Léo. Son visage douloureux exprimait une vraie joie de retrouver son amie.

Mais Léo ne put cacher la pensée que la maigreur et la mine lamentable de Solange lui inspiraient :

— Es-tu malade ?

— Non... Seulement, je suis sur le point d'avoir un bébé.

Et, après une pause :

— Il ne manquait plus que cela !

— Paul ne t'a pas quittée au moins ?

— Oh ! non... Au contraire, il m'a épousée...

— Mais les affaires vont mal ?

— Dam ! Nous chantions des duos... Depuis trois mois, j'ai été obligée de m'arrêter... C'est Paul, tout seul, qui doit gagner maintenant pour nous deux... Pendant six semaines, il n'a pas fait un cachet... Alors, tu vois où on en était !... Heureusement, dans ce moment-ci, il travaille à Fontainebleau... Il m'envoie de temps en temps une pièce de dix francs... Je peux encore manger... Mais c'est l'hôtel !... Il y a quinze jours que je n'ai pas payé ma chambre... Un de ces matins, on va me mettre à la porte.

Léo frissonnait. Elle avait connu des jours pareils, des jours où elle se nourrissait d'un café et d'un petit pain, avec la terreur de ne savoir où coucher. Mais elle n'était pas enceinte ; elle pouvait quand même chanter.

Le dénûment de Solange la touchait d'autant plus que celle-ci, avec son Paul, formait un couple dissemblable de la plupart de ceux qu'elle voyait. Ils vivaient l'un pour l'autre, menaient une existence régulière ; et dans la tourbe grossière qui les entourait, ils apparaissaient comme deux amoureux gentils et bien élevés.

Dans le café, le bruit s'était répandu que Frissonnette était là. Son nom avait volé de bouche en bouche. Et des gens se rapprochaient d'elle avec l'évident désir de lui parler.

Elle comprit qu'ici encore, l'offre de consommations nombreuses et variées serait très bien vue, et elle pria Solange de faire les invitations. En quelques instants, les deux tables qui se trouvaient de chaque côté de la sienne furent occupées, et des verres de café fumèrent près d'autres verres remplis d'absinthe. Le cabot aux chicots noirs ne fut pas le moins empressé. Après s'être excusé du malencontreux propos par lequel il avait salué Léo à son entrée, il se confondit en félicitations. Puis, il se mit à conter ses propres succès. D'autres le suivirent, et comme Léo avait fait renouveler les consommations, les cerveaux s'échauffèrent, la loquacité augmenta ; et sous l'influence de l'alcool et des boissons chaudes, tous ces malchanceux qui s'excitaient, les uns les autres, à narrer leurs succès de banlieue et de province, apparaissaient à présent joyeux, portant beau comme s'ils avaient été célèbres, se grisant de mirages et de chimères.

— Avec tout cela, dit Léo à Solange, j'oublie pourquoi je suis venue... Sais-tu où je pourrais rencontrer Roustard ?

— Oui.

— Oh ! veine ! Depuis le temps que je le cherche !...

— Roustard est maintenant gardien d'une salle qui va s'ouvrir... Les Concerts d'Essai... rue Boissy-d'Anglas...

— Il faut que je le voie de suite... Viens avec moi.

Mais, avant de se rendre au concert, Léo fit arrêter l'auto devant une pâtisserie. Elle força Solange à manger des gâteaux et des sandwichs ; ensuite, elle l'emmena dans un magasin de nouveautés, lui acheta, pour elle, une chaude jaquette et, pour le bébé à venir, une layette et un berceau ; et comme la pauvre petite femme résistait, ne voulait pas tant de dépenses à cause d'elle :

— Veux-tu te taire ! fit Léo. D'abord, j'entends être la marraine de ton gosse... Et, comme marraine, j'ai le devoir de l'habiller et de soigner sa mère.

Elle tira de sa bourse des billets bleus qu'elle mit dans la main de son amie :

— Et fais-moi le plaisir de prendre ça aussi... Il ne faut pas que tu aies des histoires avec ton hôtelier... Ensuite, tu as besoin de manger beaucoup, beaucoup, énormément.

Solange se mit à fondre en larmes :

— Non... non... Je ne peux pas accepter...

— Pas de réflexions... Ce que je fais, ce n'est pas pour toi, mais pour le crapaud qui va venir... Vois-tu qu'il me reproche un jour de l'avoir laissé manquer de lait, et qu'on le raconte dans les journaux? Ce serait le déshonneur complet... Tu ne veux pas briser ma carrière?

XII

JOURNÉE DE COURSES

Aux Concerts d'Essai, Léo et Solange, en

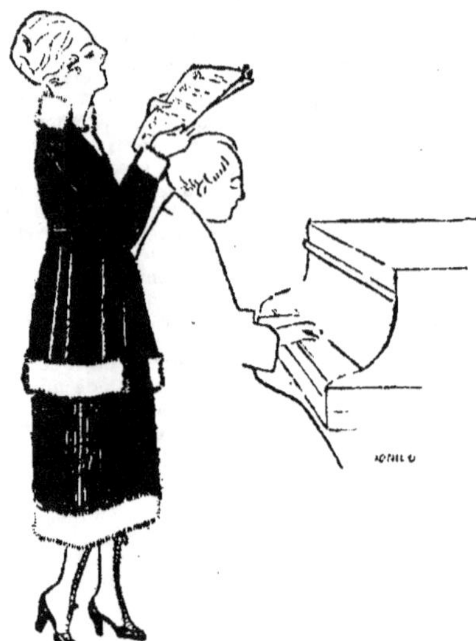

Marie Blinchard.

cherchant Roustard, qu'on leur avait dit être dans la salle, se trouvèrent nez à nez avec M. Starckel.

Il avança le cou, assujettit son binocle ; et quand il fut bien convaincu qu'il ne se trompait pas et qu'il avait devant lui Frissonnette :

— Par quel hasard vous voit-on ici? Avez-vous l'intention de changer de genre et de chanter de la musique sérieuse?

— Ah ! non... Je n'amuserais pas les spectateurs... Et je m'amuserais encore moins.

Puis, elle expliqua le but de sa visite.

— Vous tombez mal, fit Starckel. Je viens d'envoyer Roustard en course... Il ne sera pas de retour avant un quart d'heure.

— Je l'attendrai.

— C'est cela... On répète... Vous allez entendre une habitante de la Caserne des Artistes... Vous la connaissez? Marie Blinchard?

Léo désigna une forme féminine qui se tenait droite, au premier plan d'une estrade, placée au fond de la salle.

— Est-ce que ce n'est pas elle?

— Si... Elle va chanter pour essayer seulement la sonorité de la salle... Car nous ne sommes pas encore près d'ouvrir...

— Avec qui cause-t-elle?

— Harmelin, le chef d'orchestre.

— C'est étonnant comme elle a changé !... Elle est élégante, maintenant... Elle n'a plus l'air d'un chien battu... Elle est presque jolie... Mais, à côté d'elle, il y a encore un de nos voisins, le comte de La Bourryère. . Qu'est-ce qu'il fait ici? Ah ! c'est vrai !... Il compose de la musique... Il a même donné de la galette pour ce concert.

— Chut ! chut ! ne dites pas cela, dit Starckel, très ennuyé. Le comte est ici comme musicien, mais il n'a pas un sou dans l'affaire.

Elle prit un air blagueur :

— Racontez cela à d'autres...

— Comment avez-vous su?

— C'est le secret de Polichinelle... Vous avez beau diriger le Club de la Musique et des Arts... Votre amour pour les jeunes compositeurs ne va pas jusqu'à risquer des capitaux dans une entreprise aussi aléatoire... Tandis que La Bourryère, lui, peut, sans inconvénient, se permettre cette fantaisie...

— Je vous répète que vous vous trompez.

— Allons donc ! Regardez avec quelle déférence le chef d'orchestre lui parle... Si c'était un compositeur célèbre, cela se comprendrait... Mais le comte n'est encore connu que comme millionnaire... Et si l'on a tant de respect pour lui, c'est qu'il est le patron.

Starckel, voyant qu'il ne convaincrait pas Léo, changea de tactique :

— Pensez ce que vous voudrez... Mais je vous demande, comme un service personnel, de dire, à ceux qui vous en parleraient, que le comte n'est pour rien dans l'affaire.

— Soit... Mais, je vous préviens, personne ne me croira.

Ils se turent.

Accompagnée par La Bourryère qui tenait le piano, *Marie Blinchard attaquait une mélodie.*

Quand elle eut terminé :

— Elle a une très belle voix, déclara Léo. Elle m'épate... Je ne l'aurais pas crue capable de chanter aussi bien.

Solange interrogea :

— Pourquoi?

— Parce qu'elle avait l'air d'une gourde.

— Oh ! elle n'en avait que l'air, dit Starckel... Voyez plutôt...

Et, en effet, quand Marie, après avoir chanté un second morceau, traversa la salle pour gagner la sortie et qu'elle aperçut Léo, elle vint vers celle-ci, avec de la désinvolture dans la démarche et, dans les prunelles, autrefois toujours inquiètes ou attristées, des éclairs de gaieté.

Depuis la scène qui avait éclaté entre ses parents, elle avait enfin pris sa place à la maison. Son père avait tenu toutes ses promesses envers elle. Quant à sa mère, elle affectait de se désintéresser de tout ce qui se passait entre son mari et sa fille. On ne la voyait plus qu'aux heures des repas, pendant lesquels, refoulant avec énergie ses colères et ses fureurs, le visage fermé, les yeux durs, elle faisait preuve d'un mutisme obstiné.

Peinée d'abord de la mésintelligence dont elle était cause et emportée par sa naturelle bonté, Marie avait tenté un rapprochement. Mais, à ses premières ouvertures, sa mère lui avait dit sur un tel ton : « Toi... je te prie de me laisser tranquille... et, pas plus que ton père, de ne jamais m'adresser la parole... », qu'elle avait battu immédiatement en retraite. Elle sentait des vols de gifles tourbillonner dans l'espace. Il était inutile de les attirer sur ses joues.

Cette paix armée ne lui fut d'ailleurs que profitable. N'étant plus sous la constante menace de semonces ou de scènes violentes, elle prit de l'assurance ; et la belle humeur qui était en elle et ne demandait qu'à se manifester s'épanouit librement. Même, elle engraissa.

Une surprise l'attendait qui contribua encore au développement de sa belle humeur.

Était-ce parce que, physiquement, la chrysalide se muait en papillon? Était-ce parce qu'il trouvait en elle l'étoffe d'une véritable artiste? Quelle qu'en fût la raison, M. de La Bourryère s'était pris pour Marie d'une véritable amitié. Il lui promettait de l'aider, il userait de toutes ses influences et de toutes ses relations de façon à ce qu'au prochain concours du Conservatoire, elle obtînt un prix de chant qu'elle méritait.

L'année suivante, il s'emploierait pour qu'elle décrochât un premier prix d'opéra. Et c'était ensuite l'entrée à l'Académie Nationale de Musique où il lui prédisait de brillants succès.

Harmelin faisait chorus ; il se montrait même, souvent, plus enthousiaste que le comte. Et il était tellement aimable et galant que Marie se demandait si, à présent, devenue plus élégante et plus jolie, elle ne faisait pas quelque impression sur le cœur du chef d'orchestre. Chaque fois qu'elle avait cette idée, vite, vite, elle la chassait. Non ! Un tel miracle n'était pas possible. Mais l'idée revenait, si douce et si agréable qu'elle se laissait prendre au plaisir qu'elle lui causait. Pourquoi pas, après tout? Pourquoi Harmelin n'aurait-il pas un peu de sympathie pour elle?

Si elle eût été moins candide et plus apte à saisir certaines roueries, elle eût vite deviné que le musicien n'était si aimable et si empressé que pour plaire au comte. En flattant sa protégée, il le flattait en même temps. Et si Harmelin avait un vif mépris pour La Bourryère en tant que compositeur, il avait, par contre, le plus grand respect pour lui en tant que commanditaire. Ce Mécène ne venait-il pas, d'un coup, de le tirer de l'ombre où il végétait, pour le mettre en pleine lumière, à la tête d'un concert dont tous les journaux parlaient déjà et où viendraient, avec la foule des mélomanes, les plus notoires représentants de la noblesse française, désireux d'applaudir un des leurs? Car, en vain, le comte réclamait-il l'incognito. Comme l'avait dit Léo à Starckel, les Parisiens que ces choses intéressaient n'ignoraient pas le nom du bailleur de fonds des Concerts d'Essai.

— A la bonne heure ! faisait Léo, en tapotant les mains de la petite Blinchard, vous vous dégourdissez... Et vous chantez comme un ange.

— Merci, mademoiselle, merci, répondait la jeune fille, qui, en son ingénuité, ne se doutait guère du genre d'existence de sa voisine, et qui, même avertie, lui eût pardonné. Car, toutes les fois où elle l'avait rencontrée, Léo s'était montrée gentille à son égard.

— Mais, vous aussi, vous devez être contente, reprit-elle. On ne voit plus que votre nom et votre portrait dans Paris.

— Votre tour viendra... Mais, pour vous, ce sera plus sérieux... L'Opéra vous guette...Moi, c'est et ne sera toujours que les grands bastringues...

— Oh ! Si tu gagnes de l'argent, mets-en vite de côté, prononça doctoralement une voix caverneuse.

Frissonnette fit une pirouette ; elle reconnaissait la voix de Roustard qui, retour de course, s'était dépêché de venir la trouver.

Sa face blême de vieux comique qui avait dépassé la soixantaine, cette face, creusée et ravagée par les rides, décelait de longues années de détresse. Lui aussi, comme Solange, il avait dû exécuter de nombreuses danses devant le buffet.

— Tu es surprise de me retrouver ici, fit-il...? Mais, figure-toi... C'est bien le hasard... J'ai rencontré dernièrement M. Starckel... Il me connaît depuis des années, M. Starckel... Quand j'étais jeune, j'ai chanté dans presque tous ses casinos... Alors, il m'a dit : « Qu'est-ce que vous faites en ce moment? » Ce que je faisais? Solange peut vous le raconter... Avec ma femme je battais une dèche... mais, une de ces dèches !... On avait tout mis au clou... jusqu'à mon pardessus et mon matelas... J'ai tout raconté, n'est-ce pas, à M. Starckel... Alors, il m'a engagé pour les Concerts d'Essai... Je suis gardien... concierge... chasseur... Mais, avec la bourgeoise, on est logé et on a deux cents francs par mois... Vous parlez que je ne changerais pas ma place pour faire des cachets! On mange, maintenant, on mange tous les jours...

Il riait, en faisant jouer ses mandibules, comme s'il mastiquait.

Subitement, il devint sérieux :

— Je t'ai suivie, Léo... Par M. Starckel, j'ai appris ce que tu étais devenue... Eh bien ! laisse-moi te donner un conseil... Fais ce que je te disais tout à l'heure... Puisque tu es lancée, mets de l'argent de côté. La vie va si vite !...

La chanteuse pensait bien, en ce moment, à faire des économies ! Elle était venue pour entendre tout autre chose que des phrases sur la nécessité de l'épargne. Elle fit part à Roustard de ce qu'elle attendait de lui.

— Tu veux *La Marseillaise de la Canebière ?*

— C'est cela ! je ne me rappelais plus le titre.

— J'en ai encore quelques exemplaires... Je vais t'en donner un... Ah ! j'en ai eu du succès avec cette chanson-là !... On me la faisait bisser tout le temps... Je n'exagère pas... Tu m'as entendu la chanter, toi... Crois-tu qu'ils applaudissaient, hein ?

A ce souvenir, sa face s'illuminait d'un reflet de victoire. De la jeunesse lui revenait. Le Maquillé primait le gardien-concierge.

Léo pressentit que si elle ne l'interrompait pas tout de suite, Roustard allait se lancer dans un rappel d'anecdotes glorieuses pour lui, mais bien ennuyeuses pour elle.

— Donnez-moi vite cette chanson... Je suis très pressée...

Mais quand elle eut *La Marseillaise de la Canebière* et qu'elle voulut offrir comme rémunération une petite pièce d'or, Roustard eut un geste de refus, très noble :

— De l'argent, entre nous ? Envoie-moi deux places pour ta première... Et quand tu chanteras *La Marseillaise*, j'accompagnerai au refrain.

A cinq heures et demie, Léo, qui avait reconduit Solange à son hôtel, retrouva au bar de la Paix Stanislas Laverrière avec Irma, Renée et le baron.

Celui-ci racontait une histoire qui devait être très intéressante ; car les deux femmes, ainsi que Stane, étaient penchés vers lui, les coudes appuyés sur la table, afin de ne perdre aucune de ses paroles qu'il prononçait à voix basse.

— Je ne suis pas de trop? demanda Léo.

— Au contraire... tu arrives bien, dit Renée.

Stane s'était déjà levé pour offrir sa chaise à sa maîtresse. Malgré sa nonchalance et la fatigue qui semblait toujours l'écraser, il le fit avec un geste élégant de grand dandy. Puis, sa main très blanche, aux longs doigts effilés, prit celle de Léo qu'il porta à ses lèvres ; et très calme, les yeux vagues, le visage impassible, sans une réflexion ni un sourire, il se remit à écouter le baron.

— Vous me permettez de reprendre au départ, à cause de Frissonnette? fit celui-ci. Oui?... Alors je coupe les rubans... Donc, j'étais retourné, un soir, avec la famille, au Grand Théâtre... Les vieux n'avaient pas encore assisté au grand steeple de Mme Lutzys dans *Par Elle !* Fallait faire le cornac... On le fait... Me voilà dans la tribune quand j'aperçois dans le ring...

— Au fauteuil d'orchestre?

— Oui... Au premier rang, le jeune Carlo de Berganarès... Je n'y prête pas attention, pas?

Rien d'étonnant à ce que Carlo voulût courir deux fois la même pouliche... Je le faisais bien..., Mais je rapplique, un autre soir, avec ma belle-sœur... un autre soir encore, avec des camarades... Toujours Carlo à la même place !... Et qui applaudissait quand Mme Lutzys prenait le galop !... On aurait dit qu'il assistait à l'arrivée, bon premier, d'un toquard sur lequel il aurait mis cent billets... Je me rappelle alors que, devant moi, le soir de la première, il lui avait léché les mains... comme s'il y avait eu de la confiture dessus... Il emballait !... Je me souviens aussi que, toutes les nuits, chez Maxim's, il avalait des drinks qui lui chargeaient sa selle d'un poids mort...

— Abrège donc !

— Eh bien ! les ponettes, je saute du coup tous les obstacles... Par Frantz Davrac que j'ai rencontré et qui sait tout, j'ai appris que le jeune Carlo vient, tous les soirs, applaudir Mme Lutzys... Tous les soirs, il lui envoie des corbeilles et des billets...

— Et elle? demandèrent Renée et Irma, en avançant leurs visages près de celui du baron, afin de mieux entendre.

— Elle? Elle reçoit les fleurs et répond aux billets.

— Elle marche?

— Pas encore... La course d'attente... Le bon petit train avant les grandes foulées...

— Et Lutzys?

— Il paraît que le ménage ne va pas... Il trouve que le succès de sa femme nuit aux siens...

— Alors, elle marchera... Et dans six mois, ils seront divorcés.

— Ça... c'est couru.

Les femmes déclarèrent que c'était l'évidence même. De ce que Germaine sortait d'une famille bourgeoise, il ne fallait pas conclure qu'elle était autrement que les autres ; au contraire. Elle n'avait certainement pas connu l'amour avec Lutzys ; il devait avoir trop peur d'abîmer sa voix. Tandis qu'avec Carlo ! Il était gentil, le petit. Par lui, elle saurait ce que c'était d' « â-â-â-mer ».

Sauf Stane qui ne bougeait toujours pas, l'anecdote avait mis en train toute la tablée. On commanda des cocktails variés et les rires éclatèrent, joyeux.

Mais Frissonnette ayant raconté la douloureuse histoire de Solange, ce fut un soudain attendrissement. Les yeux de Renée et d'Irma s'emperlèrent de larmes. Pour sécher ces pleurs, toute la bande reprit de nouveaux et abondants cocktails, correctement servis par le maître d'hôtel, Philippe. En quittant le bar, chacun était allumé et discourait, à l'exception de Stane qui cependant avait bu bien plus que les autres.

Pouvait-on maintenant se quitter ainsi? La Forgerie décréta que puisque Léo ne réveillonnait pas avec eux, elle devait au moins dîner en leur compagnie.

Elle accepta, au grand contentement de

Stane, qui commanda un menu des plus fins,
qu'on arrosa largement de bourgogne, de champagne brut et de fines napoléoniennes ou
Louis-dix-huitième.

Noël allait venir. Santé, santé, en son honneur !

XIII

UN RÉVEILLON

En rentrant dans son appartement, sur le
coup de dix heures et demie, Léo avait chaud.
Les cocktails, les vins et les fines faisaient bour-
donner ses oreilles. Une immense gaieté l'envahissait.

Dans la salle à manger, sa mère emballait
soigneusement dans un papier goudronné plusieurs petits paquets.

— Qu'est-ce que tu fais là?... Tu sors?

Mme Pompignac continua son travail ; et
avec son accent méridional :

— Hé ! de quoi té mêles-tu? Occupé-toi donc
de tes affaires. Est-ce qué jé te demande où tu
soupes cé soir?

— Tu le sais bien... Au Café Riche... avec
mon négociant de Lille... Il n'arrivera qu'à
onze heures et demie... Je vais bien m'amuser
avec lui !... ah !... Si je n'avais pas à le semer,
ce que je ne l'attendrais pas... ! On était parti
pour faire la fête... On se serait certainement
beaucoup diverti... Il faut que celui-là s'amène
et me coupe tous mes effets !

Dans un grand verre, du café fumait, avec, à
côté, une bouteille de cognac.

— Tu ne veux pas de café?... proposa
Mme Pompignac... Il est bon... C'est moi-
même qui l'ai fait... C'est de l'essince... une
pure essince... Ça té donnera des forces pour la
nuit.

Elle versa dans son verre une large rasade de
cognac.

— Il me semble que tu en prends pas mal de
forces, toi, fit Léo. Avec qui réveillonnes-tu?

— Hé ! des amis.

— Dans un poste de police?

Mme Pompignac se mit à rire :

— Oh ! qué tu es folle !... Mon Dieu ! qué tu es
donce folle ! Et Mésieu lé commissaire? Qu'est-ce
que tu en fais? Tu me vois attablée avec ces
messieurs les agents? Mais on me fourrerait au
bloc, ma pétite...

— Alors, ça se passera chez un marchand de
vins?

— Pas du tout.

Mme Pompignac expliqua qu'elle devait fes-
toyer chez un agent des brigades centrales qui
avait une dame « tout ce qu'il y avait de plus
comme il faut », une dame qui était couturière à
la journée. Il y aurait encore un autre agent
et un garde municipal, chacun aussi avec une
dame. L'une était ouvreuse dans un théâtre,
et l'autre, ah ! celle-ci, sa profession était

vague. Tantôt, elle se donnait comme corsetière,
tantôt, comme fleuriste.

— Après tout, jé m'en moque... Jé né lui ai
pas demandé ses papiers... Et pourvu qué cette
femme soit aimable, je n'ai pas à m'inquiétter
de ses moyens d'essisstince.

— Et toi, qu'est-ce que tu auras comme cava-
lier? Le flic avec lequel je t'ai vue, une nuit,
près du square de la Trinité?

Mme Pompignac leva les bras au ciel. Sa fille
n'était pas en avance. Depuis plus de six

Léo se met à danser.

semaines, l'agent en question avait changé de
quartier.

— Il est à présent à la Bastille... Celui que
jé vais voir, il est à l'Hôtel de Ville.

— Comment l'as-tu connu?

— Sur la plate-forme de l'omnibus.

Léo pouffa, prit le verre de café que sa mère
lui tendait ; puis désignant les paquets :

— Et qu'est-ce qu'il y a là dedans?

— Des cigares... Et des sardines, du foie
gras, des petits fours... Chacun paie son écot...

— Tiens ! voici un louis... Tu offriras du
champagne...

— Oh ! ma pétite... Qué tu es bonne... !
Reprends donc un peu de café... avec du cognac.

Les deux femmes trinquèrent et burent de
nouveau.

Mais Léo voyait sa mère impatiente :

— Je ne te retiens pas... Il faut que je m'ha-
bille... Si tu veux t'en aller...

— Avec bien du plaisir, ma chère mignonne...
Car, on m'a demandé de venir à bonne heure,

Les préparatifs.

pour qué jé dresse moi-même la table...

— Tu représentes la femme du monde?

M**e** Pompignac caressa de la main le vêtement d'astrakan qu'elle venait d'endosser :

— Hé ! avec cé qué tu m'as donné là, pétite... Je dégotte... je dégotte !... Et furieusement biennng encorrre !

Onze heures et demie étaient sonnées.

Léo tournaillait dans son cabinet de toilette, en jupon et en corset, attendant pour passer sa robe que son Lillois fût là. Car les alcools du bar et du restaurant, mélangés aux deux verres de café, corsés de cognac, que sa mère lui avait servis, continuaient de lui donner une chaleur qu'elle attribuait seulement au calorifère. Elle était très aise de rester, les bras et la poitrine nus, tout en chantant à tue-tête ses prochains couplets de la revue.

Mais, à minuit moins un quart, les refrains s'arrêtèrent. Comment se faisait-il que le Lillois, si exact, ne fût pas déjà arrivé?

A minuit, personne encore. Enfin, à minuit et dix minutes, un coup de timbre.

Elle se précipita à la porte de l'antichambre. Enervée par l'attente, ah ! elle allait lui servir quelque chose de sa façon au retardataire !

Mais, la porte ouverte, elle vit Jean, avec, à la main, une dépêche dont elle devina immédiatement le contenu. Un lapin ! En guise de petit Noël, on lui posait un joli lapin.

Elle poussa un cri de rage qui fut suivi de bien d'autres, quand elle eut pris connaissance du télégramme.

L'honorable négociant lui disait que venant d'apprendre qu'elle avait comme amant M. Stanislas Laverrière, il jugeait inutile de se déplacer. Certainement, elle réveillonnerait avec lui. Aussi lui rendait-il sa liberté.

— Ah ! le bougre !... C'est Fourneau qui l'a prévenu... Sûrement, c'est lui... Eh bien ! que je le rencontre celui-là !... Je ne lui démolirai pas seulement son chapeau... Je lui casserai quelques abatis... Et cet autre, qui me laisse en plan? Quelle dégoûtation que les hommes !... Quels monstres ! Quels êtres infâmes !

Si elle enrageait, ce n'était point parce que, au lieu de quitter le Lillois elle était quittée par lui. Son amour-propre ne s'offusquait pas d'un détail aussi puéril.

Ce qui l'atteignait, c'était seulement de se voir abandonnée un soir pareil.

Quand, à cette heure, dans tous les restaurants, les brasseries, les marchands de vins, même dans les plus petits logis, des gens allaient s'asseoir autour de tables chargées de victuailles, pour rire, blaguer, chanter, quand Paris entier, dans des clartés de féerie et des bruits de fête, se disposait à réveillonner, elle était condamnée à rester en tête-à-tête avec son oreiller?

Elle ne pouvait plus rejoindre La Forgerie et ses amies puisqu'ils soupaient avec Stane.

Or, elle avait tellement raconté à ce dernier qu'elle devait passer la nuit avec sa mère, qu'aller le relancer à présent eût été une suprême bêtise. Veule, il était, mais pas bête. Et il se demanderait pourquoi elle débarquait ainsi. Elle éveillerait des soupçons. Et une femme doit-elle éveiller jamais des soupçons, même chez un homme qui n'est pas jaloux?

Restait l'aventure, la traversée, au hasard, de restaurants dans lesquels elle rencontrerait des camarades. Mais tous les hommes seraient en compagnie de femmes. Elle passerait pour une intruse.

— Eh bien ! me voilà propre... J'attendais le moment d'enfiler ma robe... Elle est mise...

Elle était revenue jusqu'à sa chambre à coucher où Jean l'avait suivie, en essayant de la consoler. Sa grosse figure noire d'Auvergnat se faisait triste ; et tout en partageant l'indignation de Léo, il s'élevait avec force contre les procédés du Lillois. Pouvait-on, quand on avait une femme aussi belle, l'abandonner ainsi?

Pendant ce temps, son œil se fixait amoureusement sur la gorge et les bras de la chanteuse, le sang lui montait aux joues, sa gorge se desséchait. Bon Dieu de bois ! Il eût volontiers donné les cinq cents francs d'économies qu'il avait à la Caisse d'Epargne pour pouvoir remplacer le négociant.

Sans s'inquiéter de lui, elle répétait :

— Que vais-je faire? Que vais-je faire...?

Se coucher? Elle avait bien envie de dormir ! Énervée comme elle l'était, elle passerait son temps à exécuter des sauts de carpe dans son lit. Elle n'arriverait jamais à fermer l'œil.

— Si maman n'était pas partie, j'aurais eu la ressource d'aller avec elle. Je n'aurais pas soupé avec des rupins... Mais, au moins, je ne me serais pas barbée, toute seule.

Son exaspération, et aussi l'influence des alcools, étaient telles que des larmes mouillèrent ses paupières.

Jean s'enhardit :

— Je vous ferais bien une proposition, mademoiselle...

— Laquelle?

— Je dois souper au sixième... Si vous vouliez venir avec moi?... Vous ne seriez toujours pas toute seule...?

Il cita les convives : une cuisinière, une bonne, un valet de chambre, qui habitaient la maison et un chasseur alpin en congé, le cousin de la bonne. Tous des gens convenables et discrets qui ne raconteraient pas que Mademoiselle avait réveillonné avec eux... D'ailleurs, nouveaux venus dans la maison, ils ne la connaissaient pas encore.

— Et puis, comme vous êtes du théâtre, vous pourriez toujours dire que c'était pour faire des études.

Immédiatement, elle refoula ses larmes. *Elle battit des mains et se mit à danser.* Brave Jean ! Quelle riche idée ! C'était un enfant de l'Auvergne : mais si inventif, il était digne d'être Marseillais. Car il lui était indifférent qu'on sût qu'elle avait soupé au sixième. Dans quelques jours, ne quittait-elle pas la Caserne?

Puis, ce souper avec des larbins, c'était nouveau. Elle entendrait des réflexions qui l'amuseraient. Au reste, elle n'avait pas à faire la fière. Et les bombes d'autrefois avec les nervis de Marseille? Et les soupers avec des individus plus ou moins corrects dans des beuglants louches de province? Tout son passé de bohème lui revenait, faisant craquer le vernis dont l'avait recouverte sa nouvelle existence de femme richement entretenue.

— Oui... oui... j'accepte... Le temps de mettre une robe... Et on s'en va.

Mais elle vit les yeux de Jean qui la dévoraient. Elle se rappela la convoitise avec laquelle, plusieurs fois déjà, il l'avait enveloppée toute. Si râblé et si musclé, il était loin de lui déplaire.

— Je te donne la permission de m'embrasser.

Elle lui tendit ses joues et sa gorge. L'Auvergnat ne se fit pas répéter deux fois l'invitation. Il la saisit à pleins bras ; et ses lèvres chaudes et goulues se promenèrent avec ardeur sur la chair offerte, tandis que Léo riait et poussait de petits cris étouffés.

Elle l'arrêta enfin ; et lui prenant la tête entre les mains :

— C'est du bon nanan, ça, hein?

— Oh oui !

Et il raconta que, depuis le soir où il l'avait vue dans son peignoir, le soir où il lui avait apporté le télégramme de M. Fourneau, il rêvait d'elle, chaque nuit. Sans qu'elle le sût, il était allé maintes fois l'applaudir au *Cocorico*. Mais, comme de ses mains rudes, il recommençait à la pétrir et qu'il avançait de nouveau ses lèvres chaudes :

— Ce sera pour plus tard... Il faut maintenant rester sage !

— Non... non...

Elle l'éloigna quand même ; et désignant le lit :

— Si tu ne fais pas ce que je veux, tu ne viendras pas avec moi dans ce grand dodo-là.

Il cessa d'agir, ahuri, hébété. Elle lui promettait tout !

— Quand y viendrai-je?

— Après le souper.

Il crut que sa face, rouge de désir et de joie, allait éclater. Bon Dieu de bois ! Il posséderait cette belle femme? Il s'allongerait dans ce lit luxueux, dans ces draps fins?

Il était tellement chaviré qu'il tomba sur une chaise ; et durant le temps qu'elle mit à passer un tailleur il ne trouva pas la force de prononcer une parole. C'était fou ce qui lui arrivait !

Précédée de Jean, elle traversa la cuisine, gravit un petit escalier de bois, arriva au corridor du sixième.

Toutes les chambres de bonnes étaient illuminées. Des hommes et des femmes, nu-tête, les pieds chaussés de chaussons, circulaient, bras chargés de paquets, affairés et se donnant des bourrades pour aller plus vite. Par les portes ouvertes ou entre-bâillées, Léo voyait de petites tables, garnies de nappes et chargées de victuailles, que des domestiques arrangeaient, tandis que les invités refoulés dans le fond des chambres, près des petites fenêtres, pareilles à des meurtrières, donnant sur la cour, attendaient debout. Les lits-cages refermés disparaissaient sous des couvertures et des paquets de vêtements, entassés les uns sur les autres. *Des bouteilles*, cachetées de rouge ou casquées d'argent, se dressaient sur des tables de toilette, *entre une cuvette et un pot à eau*, ou s'alignaient en longues files, dans les coins.

Des odeurs de boudins et d'andouillettes, montant des cuisines, commençaient à parfumer l'atmosphère. Des appels retentissaient :

« Mademoiselle Julie, venez-vous enfin? — Hé ! Gustave, vas-tu amener ta bidoche? ... Mélanie... Nous manquons de couteaux... En avez-vous à nous prêter? — Et un tire-bouchon? Bonsoir. Je l'ai oublié, en bas. »

Allant de l'une chez l'autre, les cuisinières ou les femmes de chambre, confrontaient leurs installations réciproques. Quelques-unes contrefaisaient leurs maîtresses, quand celles-ci offraient un grand dîner : « Je ne sais, ma chère, qui je vais mettre à ma droite... Le député ou le général?... Ah ! si nous avions un ministre, tout s'arrangerait. » Un valet de chambre imitait le parler de son patron, un sexagénaire gâteux : « Ma chère... chère... â,... â... âme nous i n.. vi... vivi... tous toujou... joujou... tou' jours trop de monde... Et ça me fait cou... cou... cou... coucher... trop tard... » Un immense cri

Monsieur Gaston.

« Ferme ! » lui répondait, suivi de rires, qui se propageaient de porte en porte, emplissant le corridor d'un vacarme assourdissant.

Léo aperçut une chambre où déjà les convives attaquaient les huîtres. Réunis autour d'une table éclairée par des candélabres à six branches, sur laquelle se voyaient de la verrerie fine, des plats en argent, *des compotiers garnis de pyramides de fruits*, les hommes, en habit, les femmes, en robes décolletées, se prélassaient dans des fauteuils de salon.

— Leurs patrons sont en voyage, dit Jean à Léo, à voix basse... Ils ont pris la vaisselle et les meubles...

— Et les robes des patronnes.

Elle continuait d'aller dans ce corridor qui, longeant toute la maison, lui apparaissait comme une sorte de village, peuplé d'un monde différent de celui qui habitait au-dessous, mais pourvu des mêmes appétits.

Tout à l'heure, un coup d'œil, jeté par une fenêtre, lui avait permis de voir les façades de la Caserne. Dans le silence des cours, elles étaient noires, fermées, sans vie. Ceux qui demeuraient là étaient partis au dehors, dans la cohue des réveillons des restaurants élégants.

Suivant leur exemple, les domestiques s'adonnaient à la rigolade. Et tout ce sixième n'était plus qu'une immense salle à manger où des cris de femmes que l'on pinçait déjà indiquaient que le festin se corserait de ripailles d'amour.

Enfin, Jean poussa une porte entre-bâillée. Ils étaient arrivés.

Les convives, surpris de voir le domestique accompagné, cessèrent de manger le boudin qu'ils avaient attaqué. La cuisinière et la bonne dévisagèrent Léo. Cette femme était bien élégante. N'allait-elle pas leur faire du tort?

Mais Jean l'ayant présentée comme sa bonne amie, une modiste du quartier du faubourg Montmartre, et Léo ayant salué, à la bonne franquette, toute la tablée, les femmes se rassérénèrent. Le valet de chambre et le chasseur alpin s'empressèrent galamment, pour lui « faire une petite place ». On serait serré, mais à la guerre comme à la guerre !

Quand tout le monde fut casé, — et ils étaient si près les uns des autres que les cuisses se touchaient, — le militaire offrit du boudin à Léo, qui se mit à dévorer à belles dents. Les diverses émotions de la soirée l'avaient creusée. Mais Jean, qui était doué cependant d'un superbe appétit, ne mangeait que difficilement. Et des andouillettes ayant succédé au boudin, il refusa d'en prendre.

— Quoi? demanda la petite bonne, une gosse de seize ans, aux yeux vicieux, c'est l'amour qui vous empêche de boulotter?

— Je crois que oui.

Elle regarda le valet de chambre, qui mastiquait solidement :

— C'est pas comme vous, monsieur Gaston.

— Je prends des forces.

— Il en faudra ! dit le militaire.

Le réveillon servait en effet de dîner de fiançailles à la boniche et au valet de chambre. Depuis quinze jours qu'ils étaient dans la maison, elle, servant au troisième étage, lui, au premier, avec la cuisinière, ils flirtaient, au hasard des rencontres, dans les escaliers.

M. Gaston avait dépassé la quarantaine. Mais sa face ornée de favoris légers, ses lèvres fines et sa tenue correcte avaient fait impression sur la petite bonne qui n'avait été en place que chez des commerçants pauvres. Elle le trouvait plus chic qu'un patron. Aussi, cette nuit, c'était convenu ; on ne se quitterait pas ; et comme les singes étaient absents, on s'offrirait le lit de Madame. Quant à la cuisinière et au chasseur, ils se paieraient celui de Monsieur.

En considérant ce dernier couple, Léo avait

retenu un sourire. Elle ne complimentait pas le militaire sur le choix de son élue. Elle avait bien quinze ans de plus que lui et mal peignée, la face terreuse, avec un nez, qui frémissait toujours comme celui d'un lapin en train de brouter, elle gardait une allure de paysanne balourde. Lui, au contraire, avec un col et des manchettes d'une éclatante blancheur, le regard assuré, une moustache bien cirée, avait de l'aisance dans sa vareuse ; et il était aussi bavard que sa compagne était silencieuse. Aussi dégourdi, le cousin devait coûter cher à sa cousine, qui, tout en mangeant, ne le quittait pas des yeux.

Il ne lui rendait pas la pareille.

Il s'occupait surtout de remplir les verres, qui se vidaient d'ailleurs très rapidement. La chaleur des vins et l'atmosphère lourde de la pièce firent rougir non moins vivement tous les visages. A l'exception de la cuisinière qui ne trouvait que difficilement ses mots, tous les convives parlaient abondamment. Une douce familiarité régnait.

Léo, dont l'allumage se changeait en griserie, s'était assise sur les genoux de Jean ; et, la tête penchée en arrière, elle se laissait embrasser. Les mains du valet de chambre s'égaraient dans le corsage de la boniche. Quant au chasseur alpin, il contait des histoires salées de garnison à la cuisinière dont le nez frétillait aux passages hardis.

On déboucha des bouteilles de champagne. On trinqua ; puis le dessert achevé, on passa aux liqueurs. Gaston avait dévalisé avec maestria la cave de ses patrons. Les verres s'emplirent de fine champagne, de bénédictine, d'eau-de-vie de marc, de curaçao et de kummel.

Les femmes avaient les yeux noyés. Elles étaient ivres, les hommes aussi.

Ils n'étaient pas les seuls. Tout le corridor s'emplissait de cris, de chants, de rumeurs, et des clameurs de gens en délire. Frénétiquement, des coups de cuillers, frappant les assiettes, ajoutaient à cette bacchanale.

Alors, le chasseur alpin entonna : « Minuit, chrétiens ! c'est l'heure solennelle ! » Léo et la boniche l'accompagnèrent.

Mais le chant était trop triste. Les deux femmes se prirent par la taille et se mirent à danser une mattchich, ponctuée de coups de ventre. Frappant dans leurs mains, tapant dans les assiettes, les autres les excitaient, à grands éclats de voix. Un charivari frénétique emplit la pièce.

La boniche s'arrêta, à bout de souffle ; et mettant l'index entre son cou et le col de son corsage, qu'elle agitait pour se donner de l'air :

— Ah ! c'qu'il fait lourd ici !... Si on se mettait à son aise ?

— C'est ça... On va faire un concours de nichons, comme à Tabarin, dit le soldat.

Mais la cuisinière résistait. Non, elle n'avait pas chaud. Elle ne voulait pas retirer son corsage.

Alors, tout le monde la blagua. Elle était donc bien mal faite pour refuser ?

Déjà la boniche et Léo avaient enlevé leurs corsages et leurs corsets. La cuisinière se résigna à les imiter.

A la vue de ces gorges nues, les hommes se mirent à pousser des hurlements et des chants d'allégresse. Puis, ils empoignèrent chacun leur amie et des baisers claquèrent.

Mais la porte s'ouvrit, en tempête. Une vague humaine déferla.

Des femmes dépoitraillées, des hommes en bras de chemise, tous dans un resplendissant état d'ivresse, venaient demander s'il n'y avait pas quelque chose à boire. Car ils avaient épuisé leurs provisions. Ils saisirent des bouteilles et burent au goulot ; et d'autres survenant, ce fut une mêlée de corps, un entassement de chairs moites dans la pièce si étroite que la petite table sur laquelle le souper était servi craqua, bascula et s'effondra, dans un bruit d'assiettes et de verres cassés.

— Filons ! dit Jean, qui pressentait que les événements risquaient de mal tourner et qui avait hâte d'être avec Léo.

Celle-ci étouffait. Sa tête bourdonnait. Elle ne voyait plus les choses qu'à travers un vague brouillard. Mais elle percevait nettement le cou de taureau et les bras musclés de l'Auvergnat.

— Oui... oui... Allons-nous-en.

Elle rentra dans sa chambre, à demi nue, les cheveux croulant sur les épaules, la jupe arrachée.

— Viens... vite... viens... fit-elle, en se plaquant contre Jean.

Elle lança ses bottines au hasard, arracha son jupon.

— Viens vite, répétait-elle... Viens donc.

Au réveil, vers midi, quand elle se retrouva seule dans le lit, — car Jean depuis longtemps était disparu, afin de reprendre les éminentes fonctions qu'il occupait, — elle avait, sur la tête « le casque en plomb » et, dans la bouche, « la commode ».

Elle ne regretta rien de ce qui s'était passé. Mais le luxe et l'élégance l'avaient conquise. Elle eut une nausée, en pensant à ces hommes lâchés comme des bêtes, à ces femmes, aux mains grasses, dont les vêtements et les dessous douteux recélaient des relents de cuisine, tout ce peuple en sueur et aviné qu'elle avait traversé. Les caresses mêmes de Jean lui parurent odieuses dans leur brutalité. Il fallait qu'elle fût ivre pour y avoir cédé. Non, elle n'était plus faite pour les nervis, mais pour les gentlemen aux mains soignées.

Elle était devenue, définitivement, la femme du petit hôtel, dans les quartiers chics.

XIV

SOUVENT FEMMES VARIENT...
LES HOMMES AUSSI...

— Quelle humeur joyeuse ! Depuis huit jours, vous ne cessez de chanter... J'ai presque envie de vous faire débuter à l'Opéra.

— Non, merci de l'honneur !... La scène est trop grande pour mes petites jambes.

— Ce n'est plus femme que j'ai... mais un pinson.

— Vous vous en plaignez?

— Loin de là !... Votre joie me fait plaisir... Je ne suis pas égoïste...

— Oh ! ne vous vantez pas.

— Moi? Égoïste?... Des preuves?

— La dernière... Elle est de ce matin, à déjeuner... On n'a servi ni pommes de terre, ni salade, parce que vous chantez ce soir... Que vous ne mangiez pas certaines choses dans la crainte d'abîmer votre voix, cela se comprend. Mais pourquoi m'obligez-vous à m'en priver?

— C'est absurde !... J'ai recommandé à la cuisinière...

— D'agir comme elle le fait. Quand on sert un plat qui vous est nuisible, votre gourmandise l'emporte sur votre raison... Et il faut que vous y goûtiez... Pour n'avoir pas de tentations, vous vous privez... Mais vous m'infligez la même peine...

— Je donnerai de nouveaux ordres.

Lutzys, debout devant la glace de la cheminée du salon, lisse ses cheveux, accommode le nœud de sa cravate, tire les pans de sa jaquette afin qu'elle tombe droit, bien plus occupé par ces détails de toilette que par les réflexions et sa femme. Il se trouve la mine fraîche et l'œil brillant. Il est toujours le beau Lutzys, le ténor au sourire fin, à la prestance distinguée de diplomate élégant. Vive la vie !

Germaine, qui arrange une plante, fredonne un refrain américain, entendu dans un thé où raclaient des tziganes. Ses paroles n'ont pas assombri l'éclat joyeux de son visage.

Elle pense que, si elle avait absolument tenu aux pommes de terre et à la salade, elle les aurait eues. Elle est assez grande pour les commander. Elle n'a lancé sa flèche que pour bien montrer à son mari que s'il en prend à son aise, elle n'est pas sans le remarquer.

A ce trait, combien d'autres, d'ailleurs, pourrait-elle ajouter ! Lutzys, dans son incommensurable orgueil, ne voit que Lui, toujours Lui.

C'est pourquoi elle a fini par voir autre chose : L'amour jeune, vrai, ardent de Carlo de Berganarès. Ah ! la chaleur avec laquelle il criait sa passion, cette fièvre qui animait ses propos et les longues lettres qu'il lui écrivait ! Et ses pleurs et ses désespoirs quand il croyait l'avoir fâchée ! Et ses joies, ses transports d'enfant auquel on donne un jouet longtemps convoité, quand elle lui permettait les baisers longuement appuyés sur les mains !

Céderait-elle à tant de passion?

L'éducation bourgeoise qu'elle avait reçue, les théories familiales sur les femmes qui se conduisent mal l'avaient fait hésiter. Que diraient ses parents s'ils apprenaient sa faute?

Mais, d'autre part, Lutzys ne lui donnait ni plaisirs, ni bonheurs. Il la traitait en fillette, en fillette qu'on ne gâterait pas. Pourquoi serait-elle sa dupe?

Elle n'avait, pour s'absoudre à ses propres yeux, qu'à regarder autour d'elle.

Sauf quelques rares exceptions, les femmes de théâtre mariées, qu'elle connaissait, avaient des amants. Il en était même qui contribuaient puissamment à la fortune de la maison, poussant le dévouement jusqu'à se rendre aux sollicitations des matrones, afin que leurs époux eussent toujours des linges fins et des autos, infiniment confortables. Et de cela, nul ne s'indignait. C'était, au contraire, un thème propice aux plaisanteries et aux bons mots, un excellent sujet de conversations dans les bureaux de rédaction, les cafés, les cercles, les salons. On eût été désolé que de telles unions se rompissent. C'eût été autant de sources taries pour la gaieté et l'éloquence parisiennes.

Une telle indulgence vis-à-vis de ces ménages où l'épouse jonglait avec la fidélité n'était donc pas faite pour retenir Germaine.

Insensiblement, elle glissait sur la pente. D'abord, par curiosité, poussée par le désir de connaître les frissons que le ténor ne lui avait pas donnés. Ensuite, par vanité, car son âme de Maquillée était flattée d'avoir conquis Carlo.

Depuis qu'il venait dans sa loge, combien de femmes avaient essayé de le lui « souffler » ! Angélia Basquier avait fait les pires avances. Martinette s'était offerte. Les Pannardes, elles-mêmes, rivalisaient d'aguicheries. D'autres comédiennes, qui n'appartenaient pas au Grand-Théâtre, se livraient à ce jeu. Jusqu'à des bourgeoises, de ses amies, des personnes qui ne cessaient d'avoir les mots de vertu et d'honneur à la bouche, et qui, en voyant Carlo, roulaient des yeux de carpes en pâmoison et lui indiquaient leurs heures de réception !

Tant de convoitises ne s'allumaient pas seulement parce qu'il était jeune et joli. Il était aussi porteur d'un grand nom et en possession d'une grosse fortune. Deux qualités qui avaient leur valeur, et qui, de même que sur les autres, influaient sur Germaine.

Et sur la pente, elle glissait, glissait toujours.

Une réflexion maladroite de Lutzys brusqua les choses. Il lui fit entendre un jour que si elle était arrivée au succès, elle le lui devait entièrement.

« Et mon talent? pensait-elle. Il nie donc mon talent? »

Elle ne répondit rien, mais sa vanité était blessée cruellement.

A cette sottise, elle répondrait par une vengeance.

Elle serait à Carlo.

Mais elle ne voulait pas se donner bêtement, dans une frissonnière, où il y aurait les fleurs et couverture bien préparées par un valet de chambre exercé. Elle tenait à ce que son abandon eût lieu à l'improviste, dans des circonstances qui l'excuseraient, de façon qu'après la faute elle pût s'écrier, en ouvrant des yeux effarés :

« Oh ! mon Dieu ! qu'ai-je fait? Pourquoi avez-vous profité d'un mouvement de faiblesse?... Oh ! que c'est mal ! que c'est mal de votre part ! »

Et elle se voyait, ouvrant les yeux, faisant le geste de repousser le jeune vainqueur, dans un désarroi qui la déchevèlerait, agiterait sa poitrine et amènerait à sa gorge des sanglots plaintifs de tourterelle blessée. En même temps, elle entendait les phrases qu'elle dirait aussi distinctement que si elle les eût déjà prononcées en scène.

Cette scène vécue serait délicieuse à jouer. Il était dommage qu'aucun spectateur ne pût y assister.

L'occasion de défaillir se présenta sans que, selon ses vœux, elle l'eût cherchée.

Un soir, pendant une scène du second acte, Domino, le comique, s'amusa à lui couper tous ses effets. Tandis qu'elle disait des choses tendres, il grimaçait, et faisait le pitre, de telle sorte que la salle, qui le voyait se contorsionner, ne pouvait s'empêcher de rire. Le rideau baissé, Germaine se plaignit au régisseur. Depuis une semaine, ce jeu durait ; elle tenait à ce qu'il prît fin. On n'avait pas fait attention à ses premières réclamations ; cette fois, si on n'y donnait pas suite immédiatement, elle n'entrerait pas en scène pour le trois.

— Ne craignez rien, fit le régisseur qui, entre Germaine et Domino, un cabot à cent sous par jour, n'hésitait pas. Je vais le mettre au tableau. Il aura vingt francs d'amende.

Le comique avait entendu. Il ne souffla mot : mais il se mit à suivre Germaine. Et quand ils furent seuls dans le corridor qui conduisait à l'escalier des loges, il entonna une chanson peu faite pour plaire aux oreilles de la jeune femme :

— Moucharde ! Jésuite !... Ce n'est pas moi

Germaine se regarde dans la glace.

qui vous ai coupé vos effets... C'est vous qui ne vouliez pas me laisser faire les miens.

Elle se retourna :

— Je vous prie de me laisser tranquille.

Lancé, il ne s'arrêta pas. Gros et court, le cou enfoncé entre les épaules, il cédait à une violence de sanguin ; et tandis qu'elle montait les escaliers, elle l'entendait hurler. « Si ce n'était pas honteux ! Lui faire coller vingt francs d'amende quand elle savait qu'il gagnait cent cinquante francs par mois, et qu'il avait une femme à nourrir? Elle pouvait ne pas regarder à la dépense, elle, étant donnée la façon dont elle se conduisait. Elle ne se contentait pas de son mari, elle s'offrait des gigolos, M. Carlo de Berganarès, entre autres. »

Elle était déjà dans le corridor qui conduisait à sa loge, où elle allait entrer sans répondre. Mais, en s'entendant reprocher des mœurs de fille, la colère l'emporta. Elle se départit de son mutisme :

— Vous croyez que tout le monde est comme votre femme qui passe son temps dans les maisons de rendez-vous? Au lieu de vous occuper de moi, occupez-vous donc d'elle, d'abord !

Elle s'était arrêtée, le narguant. Il brandit les poings, si rouge et si furieux qu'elle prit peur.

Elle s'élança pour lui échapper, entra en coup de vent dans sa loge dont Carlo avait ouvert la porte, en entendant le bruit de la dispute.

Cependant le comique l'avait suivie ; il arriva derrière elle, le bras levé, brandissant toujours les poings. Ah ! la catin ! Elle injuriait sa femme ? Ça ne se passerait pas ainsi. Elle allait le voir.

Mais Carlo s'était jeté entre le comique et Germaine.

L'artiste fonça sur lui, en essayant de le saisir à la gorge.

Il eut tort de ne pas procéder très vite.

D'un coup de poing appliqué à la mâchoire, Carlo le frappa avec une telle force qu'il chancela et s'en alla rouler dans le corridor.

Germaine avait vivement fermé la porte de la loge.

Elle se jeta, pantelante, dans les bras de Carlo. Oh ! quel brave petit ! Quel héros ! Il l'avait sauvée. Que pourrait-elle faire pour le remercier?

Elle le criblait de baisers, jouant l'égarement. Il rendit les baisers, avec usure, chiffonna le corsage, l'entr'ouvrit, sans qu'elle marquât une résistance.

Vingt minutes après, Germaine prononçait le : « Oh ! mon Dieu ! qu'ai-je fait? » accompagné des autres phrases qu'elle avait préparées.

Et elle dit cela avec tant d'émotion et de sincérité que Carlo crut qu'elle s'était abandonnée dans un réel moment de faiblesse, sans qu'il y eût de sa part aucun calcul. Puis, se rappelant les phrases de Davrac sur les Maquillés : « Ce journaliste, pense-t-il, a tort de généraliser. Toute règle souffre l'exception. Je suis tombé sur l'exception. Germaine joue les jeunes premières, mais c'est une ingénue. »

Lutzys, qui a fini de se contempler dans la glace, fait quelques pas dans le salon ; et revenant vers sa femme :

— Il est deux heures... Partez-vous avec moi pour répéter au Cercle?

— Si vous voulez...

Le Club de la Musique et des Arts va donner la grande représentation dont Saint-Alvar a parlé, l'autre jour, à Frissonnette, une représentation à laquelle prendront part toutes les vedettes et les plus jolies femmes des théâtres et des music-halls.

Lutzys doit chanter un duo avec Miss Rulleyrs, une cantatrice américaine, qui, débarquée à Paris depuis six semaines, fait fureur à l'Opéra. Germaine dira un à-propos.

A leur arrivée dans la salle des fêtes, les deux époux voient des artistes en train de causer avec des membres du Cercle.

La répétition n'est pas encore commencée ; on rit et l'on plaisante.

Seul, Starckel, qui a la responsabilité de l'organisation, va et vient, affairé.

Lutzys se dirige vers Miss Rulleyrs. Entourée d'une cour d'admirateurs, parmi lesquels le comte de La Bourryère qui est l'auteur du duo, l'Américaine, le visage en ovale, éclairé de deux yeux bleus superbes, dépasse tout le monde, de la tête. En apercevant le ténor, elle écarte ses admirateurs, vient vers lui et lui donne un shake-hand énergique.

Germaine a aperçu Carlo qui cause avec Davrac. Mais elle attend un peu avant d'aller à lui. Justement, voici son père. Depuis qu'elle est célèbre, M. Rioux est devenu homme de théâtre. Il suit toutes les premières, il emploie l'argot des coulisses, et il n'est pas tendre pour les rivales de sa fille. Il les critique sévèrement. Et, quand il rencontre des directeurs et des auteurs, il va jusqu'à leur donner des conseils. S'il n'était pas si vieux, il écrirait des pièces.

Après avoir échangé plusieurs phrases avec lui, Germaine le quitte, manœuvrant de façon à arriver jusqu'à Carlo. Mais elle est arrêtée par Saint-Alvar qui discourt avec Frissonnette et Stane.

Autrefois, elle se montrait très réservée envers Léo ; elle la saluait à peine. Mais celle-ci, dans la revue de Barthy, a remporté un succès si étourdissant, elle a un si bel hôtel et de si somptueuses toilettes que ce n'est plus une petite femme de café-concert ; c'est une étoile, à laquelle une comédienne, même très arrivée, peut adresser la parole.

Depuis deux mois qu'elle a quitté la Caserne, Frissonnette a d'ailleurs changé de manières et de langage. Elle s'est juré de jouer à la femme du monde ; et, maintenant, elle arrive presque à tenir son rôle. Grâce aux conseils de Stane, d'abord. Car si raffiné, il est très utile pour indiquer des nuances de robes, des garnitures de chapeaux et des décorations d'appartements.

Mais elle a un autre professeur ; elle s'est résolue à accepter les leçons de Saint-Alvar, sur le compte duquel elle est revenue peu à peu. Longtemps, elle s'est moquée des artistes de la Comédie-Française. Elle les considérait tous comme des poseurs et des pontifes. A présent, elle a changé d'opinion. Saint-Alvar l'a étonnée par ses connaissances artistiques et ses réflexions judicieuses. Il lui a révélé une foule de choses qu'elle ignorait. Grâce à lui, elle marche mieux en scène, ses gestes sont plus souples, sa diction plus nette. Il lui a appris enfin à se servir de termes choisis. Et, ainsi pétrie et façonnée, elle s'adapte au milieu nouveau dans lequel elle vit.

Ainsi qu'elle se l'était promis, elle avait offert, au début, à Saint-Alvar de lui payer ses leçons. Il s'était fâché, elle en avait ri d'abord ; mais par la suite, elle avait regretté de lui avoir infligé cet affront. Comment se faire pardonner?

Elle savait bien comment y arriver : Saint-Alvar, toujours amoureux d'elle, souffrait en silence. Rien ne la ferait mieux absoudre que de consentir, encore une fois, à sacrifier sa vertu.

Mais, allait-elle, dans son hôtel, recommencer les mêmes errements qu'à la Caserne? A quoi serviraient tous ses serments de bonne conduite et de tenue correcte?

Et cependant ! Elle n'était pas femme à se contenter de Stane. Il lui faudrait toujours un autre amant. Saint-Alvar, selon l'expression du baron, s'indiquait, comme favori. Bien élevé, sérieux, pensionnaire d'un théâtre fameux, il lui était, en outre, très utile ; et, discret, il n'ébruiterait pas leur liaison.

Elle se laissa glisser... Toutefois, chose qui ne lui était jamais arrivée, elle ne succomba qu'après un mois d'une cour assidue ; et de même que Mⁿᵉ Lutzys avec Carlo, elle joua la scène de l'affolement.

— Est-ce que vous allez abandonner le music-hall pour la comédie? demandait Germaine.

Frissonnette ouvre de grands yeux.

— Moi?... Oh ! jamais.... Je joue l'acte en vers de M. Saint-Alvar pour lui faire plaisir et parce que nous sommes dans un Cercle... Mais je suis et resterai toujours chanteuse...

— Cependant...

— Oh ! je sais... Dès qu'une femme a du succès, maintenant, au café-concert, elle ne rêve plus que d'entrer dans un théâtre de comédie... Je ne serai pas si bête.

Saint-Alvar et Stane l'approuvent de la tête, imités par Carlo, qui, voyant sa maîtresse arrêtée, n'a pu contenir son impatience et s'est approché d'elle.

— Tiens ! Vous êtes ici?... fait Germaine, simulant un étonnement profond.

Carlo répond, léger :

— C'est Davrac qui m'a amené... Et je bénis ce hasard qui va me permettre d'entendre les plus grandes gloires parisiennes.

Il affecte de s'intéresser à la conversation ; mais, bientôt, il est dans un petit coin avec Germaine.

Sous prétexte de donner des indications,

Saint-Alvar a emmené aussi à l'écart Frissonnette.

Sur la scène, Lutzys chante avec l'Américaine.

Enfoui dans un fauteuil, Stane rêvasse, perdu dans un songe nuageux et regardant, sans les voir, les bagues qui ornent ses longs doigts effilés.

Et, chacun dans leur coin, les deux couples, qui se disent des choses tendres et amoureuses, savourent un plaisir particulier à parler ainsi, sous les yeux de gens qui les surveillent et voudraient entendre leurs propos. Ce plaisir s'avive encore de la présence du mari et de l'amant.

Germaine frappe à la porte de son mari.

Les risques qu'ils courent, d'être pincés, pimentent leurs intrigues.

En affectant un air détaché, comme s'il parlait à une personne qui lui est indifférente, Carlo dit, à voix basse, à Germaine, qui semble l'écouter distraitement :

— Tu rentres avec ton mari?

— Non.

— Jusqu'à quelle heure resteras-tu ici?

— Cinq heures au plus tard.

— Alors, rendez-vous à cinq heures et demie, au Star's Bar.

— Oui, chéri.

— Tu m'aimes toujours?

— Je t'adore... Maintenant, quittons-nous... On nous regarde... et Lutzys a fini de chanter.

Ils se saluent cérémonieusement et se séparent.

Frissonnette et Saint-Alvar qui viennent d'échanger des propos analogues, — car Stane, souffrant, est resté chez elle, toute la nuit, et depuis la veille, ils ne se sont pas vus, seuls, — se saluent à leur tour et vont rejoindre des groupes différents.

Autour des deux femmes, maintenant libres, les membres du Cercle papillonnent, font la roue, s'évertuent à les courtiser.

Elles répondent aimablement, avec des sourires qui sont presque des promesses, parlant haut, de façon à se faire remarquer. Elles soignent leur gloire.

Six heures et demie, au Star's Bar.

Avec Carlo, Germaine sort d'une salle du fond, garnie de boxes séparés et fermés, dans lesquels, seul, le barman a le droit de pénétrer.

Elle suit un long couloir, arrive à la rue ; elle entend des pas.

Elle se retourne.

Derrière elle, trottent Frissonnette et Saint-Alvar qui sortent aussi d'un des boxes de la salle du fond.

Tous les quatre se voient ; tous les quatre, ils savent pourquoi ils étaient allés au Star's Bar.

Mais les femmes ont des voilettes épaisses, les hommes ont le col du pardessus relevé et la tête baissée.

Germaine et Carlo montent rapidement dans leur auto. Frissonnette enlève, dans le sien, Saint-Alvar.

Et l'on part, sans s'être salué... Tout le monde est en faute, mais on n'est pas encore assez intime pour se l'avouer.

C'est à partir de cet instant que Frissonnette, qui allait dire bonsoir à Germaine et qui en avait été empêchée par Saint-Alvar, comprit ce qu'on appelle « les convenances ».

Le même soir, Germaine se rendit à l'Opéra afin de revenir à la maison avec Lutzys. C'était une fantaisie qu'elle se permettait rarement. Mais Carlo, retenu par une soirée à l'Ambassade, n'avait pu venir au théâtre. Comme elle avait faim, elle prierait son mari de l'emmener souper.

Le petit salon qui précédait la pièce où le chanteur s'habillait était vide. Il n'y avait ni l'habilleur, ni les complimenteurs ordinaires de tout artiste célèbre. En passant devant la façade de l'Opéra, elle avait vu les lumières s'éteindre. Son mari était-il déjà parti?

Comme elle se rapprochait de la porte du cabinet de toilette, elle entendit qu'on parlait bas ; puis, un petit rire nerveux de femme retentit, vite éteint ; et ce fut des chuchotements, des froissements d'étoffe, des soupirs.

Elle voulut ouvrir. La porte ne céda pas.

Germaine comprit qu'elle était fermée au verrou. Elle frappa. On ne répondit pas. Elle frappa de nouveau, le résultat fut le même.

Enfin, au bout de quelques minutes, la voix de Lutzys demanda, impatientée :

— Qui est là?

Elle se nomma.

Des chuchotements coururent de nouveau dans la pièce, puis un silence régna. La porte s'ouvrit. Germaine vit Lutzys, qui, très pâle, enfonçait son chapeau sur sa tête, et miss Rulleyrs, la chanteuse américaine, qui, très rouge, feuilletait, à coups de doigts précipités, une partition étalée sur une table.

— Je vous demande pardon, chère amie, de vous avoir fait attendre... Mais, avec miss Rulleyrs, nous recherchions un passage de *l'Or du Rhin*.

— Excusez-moi, madame, fit l'Américaine. J'avais retenu votre mari, sans savoir... Je ne croyais pas que vous veniez, d'ordinaire, le chercher.

Germaine se contenta d'incliner la tête. Elle gardait un beau sang-froid. Elle eut même assez de force pour demander à Lutzys, avec **un** sourire :

— Voulez-vous m'offrir à souper?

— Avec le plus grand plaisir, répondit-il, ayant reconquis toute son assurance.

Dans la voiture, ensuite au restaurant, durant le commencement du repas, ils échangèrent des propos indifférents.

Le chanteur ne témoignait d'aucune gêne ; il était seulement plus loquace et plus galant que d'habitude.

Mais, au dessert, Germaine décida que le moment de tout dire était arrivé ; et précisément, elle demanda depuis combien de temps il la trompait.

Il coupait une pomme. Sans cesser de se livrer à ce petit travail, il leva les yeux ; et d'une voix pleine d'ironie :

— Et vous?

Elle ne s'attendait pas à ce coup droit. Elle balbutia :

— Moi?

— Oui... vous... Si je suis bien renseigné, M. de Berganarès est bien votre amant depuis quelques mois.

— Comment pouvez-vous croire...?

— Mais tout le monde est au courant de votre liaison... Plus de cinquante personnes qui s'intéressent à mon sort me l'ont racontée... Il en est même qui m'ont prévenu avant que vous n'ayez succombé. Et je suis aussi certain que vous êtes la maîtresse du jeune Carlo que vous êtes sûre que, tout à l'heure, je ne regardais pas la partition de *L'Or du Rhin* avec miss Rulleyrs.

La pomme divisée en deux, il commençait de la peler, sans que ni ses doigts, ni le couteau d'argent ne tremblassent. On eût dit qu'il discourait sur le cas de personnes étrangères.

— Voulez-vous que nous divorcions ou que nous restions dans le *statu quo?* Je ferai comme il vous plaira. On a vu et on voit beaucoup de ménages dans le genre du nôtre... A vous de décider.

Germaine, abasourdie, ne trouvait rien à répondre.

— Donnez-moi vingt-quatre heures de réflexion.

— Quarante-huit... Davantage même, si vous le désirez.

Et l'incident lui semblant désormais sans conséquence, il mangea sa pomme avec gourmandise.

Le lendemain, Germaine avait pris son parti. Si elle divorçait, c'était le scandale. Tous les grands et petits journaux s'empareraient de l'aventure. C'était encore de la réclame, mais cela pouvait tourner à son désavantage. Quoiqu'elle prétendit volontiers le contraire, elle avait encore besoin de Lutzys. Médiocre amoureux, le pire des amoureux, soit. Mais un metteur en scène si remarquable ! Un donneur de conseils si pratiques et si justes !

Chez Carlo, elle trouvait la passion ; chez le mari, l'expérience avisée. Que vouloir de plus ? Ne réunissait-elle pas toutes les conditions pour mener, heureuse, la vie de théâtre ?

Quant à Lutzys, il fut satisfait aussi de ce dénouement. Il avait un intérieur ; il avait contracté des habitudes ; il lui eût été désagréable d'en changer. De même que, au point de vue amoureux, après l'expérience faite, il avait constaté qu'il ne pouvait s'accommoder des comédiennes. Il lui fallait des chanteuses d'Opéra. Il avait ce goût. Il était trop tard pour y renoncer.

XV

AUX CONCERTS D'ESSAI

Cette après-midi-là, après bien des retards, imputables à La Bourryère, qui ne trouvait jamais la salle à son goût, les Concerts d'Essai faisaient leur ouverture.

A l'entrée du vestibule, Starckel, suffisamment éloigné du contrôle pour qu'on ne crût pas qu'il faisait partie de la maison, regardait placidement les arrivants. Enfin, son rôle était terminé ! Le comte avait voulu une salle, un orchestre, l'installation de bureaux d'administration et le dressage d'un personnel particulier. Starckel avait réalisé tous ces désirs. A présent, au tour du chef d'orchestre, à Harmelin, auquel il avait fait la veille la transmission des pouvoirs directoriaux, de se débrouiller et de conduire le nouvel établissement à la gloire et à la fortune !

Il venait, lui, en simple spectateur, avec Fanny, sa blonde maîtresse, qui l'avait accompagné, afin d'entendre leur voisine, cette Marie Blinchard, dont on disait tant de bien.

Dans la foule qui montait les escaliers et qui, après un arrêt au contrôle, se séparait en deux flots pour gagner la salle, Starckel reconnaissait des snobs mélomanes, très titrés ou très riches, des gens de Cercle, tous amis ou connaissances du comte, des critiques musicaux, des compositeurs ; et c'étaient encore des instrumentistes aux longs cheveux, des fervents de musique sérieuse aux airs graves, dans des redingotes hermétiquement fermées, enfin la cohue des anonymes attirés par les chanteurs et les cantatrices célèbres qui figuraient au programme.

Starckel remarqua une dizaine d'individus à tournure de claqueurs ou de garçons bouchers qui, sous la conduite d'un énorme gaillard, porteur d'une longue barbe noire et pourvu d'épaules de lutteur, pénétraient dans la salle, tout en se bousculant et en s'envoyant les uns aux autres des bourrades qui les mettaient en joie. Que venaient faire ici ces gens-là ?

Intrigué par leurs allures, il les suivait du regard quand son attention fut détournée par Fanny qui poussait un cri. Quelqu'un venait de marcher sur la traîne de sa robe et de la déchirer.

— Oh ! excusez-moi, madame... On m'a poussé... Starckel, excusez-moi, vous aussi, et soyez mon interprète auprès de Madame...

C'était Desmurs de La Forgerie qui venait de commettre ce malheur. La Forgerie, avec toujours Irma et Renée, un La Forgerie maussade et rogneur. Car aujourd'hui, jeudi, il y avait course à Auteuil. Or, cédant aux accents convaincus de Frissonnette qui leur avait dit qu'il fallait absolument entendre Marie Blinchard, « un phénomène, mes petites, qui va révolutionner les masses », les deux ponettes avaient préféré l'atmosphère des Concerts d'Essai à l'air pur du champ de courses. Admirable trouvaille ! Lui qui détestait la musique, il était servi.

Après l'accroc fait à sa robe, Fanny, qui craignait qu'on en fît bientôt un autre, prit Starckel par le bras :

— Si nous quittions le vestibule ?... Tu n'as plus aucun contrôle à y exercer... Puisque tu viens en rentier, profites-en.

Il trouva qu'elle avait raison.

Elle reprenait :

— Si on me déchire entièrement ma jupe : ce n'est pas le comte qui m'en paiera une autre !

Il pensa que le comte ne se livrerait pas en effet à une telle dépense. Mais lui, Starckel, pourrait facilement le remplacer. Son entrée dans les Concerts d'Essai lui avait valu la faveur de La Bourryère, qui s'était traduite par de sages conseils sur des valeurs de Bourse. D'où des gains très gros qu'il n'avait pas accusés à Fanny, pas plus qu'à d'autres personnes. Ses affaires ne regardaient que lui et il était le seul à connaître le chiffre de sa fortune.

Il pénétra dans la salle où des spectateurs, debout, contemplaient l'estrade, vide de musiciens, garnie seulement de chaises, d'instruments de musique et de pupitres, avec des gradins de bois, en forme d'amphithéâtre, destinés aux choristes. D'autres spectateurs gagnaient les fauteuils, poursuivis par des ouvreuses qui réclamaient les coupons ou proposaient fiévreusement le programme. Des bonjours et des coups de chapeau s'échangeaient. Des récriminations de spectateurs qui se trouvaient mal placés s'élevaient. Et dans des piétinements, des claquements de sièges abattus, montait le bourdonnement confus des voix.

La Forgerie se trouvait aux fauteuils d'orchestre derrière Frissonnette, qui était naturellement avec Stane et Saint-Alvar.

— Tiens ! dit-il à ce dernier, vous ne répétez pas encore aujourd'hui ? Vous êtes donc disqualifié ?

Il savait que rien n'ennuyait plus le pensionnaire de la Comédie-Française que de s'entendre demander pourquoi il ne jouait pas. Mais, comme il était agacé, il n'était pas fâché d'énerver les autres.

A sa grande surprise, Saint-Alvar ne manifesta aucune mauvaise humeur :

— Je laisse les rôles aux chefs d'emploi.

— Quand ils seront tombés boiteux, vous les remplacerez... Mais, d'ici là ?

— Il y a d'autres théâtres que la Comédie-Française.

— Vous auriez l'intention de changer de terrain ?

— Et pourquoi pas ?

— Ah ! je vous croyais entraîné pour fournir toujours du travail au Français... Si vous êtes d'un autre avis... Si vous voulez vous dérober !...

— Il faut l'encourager à cette dérobade, dit Frissonnette. Est-ce que M. Saint-Alvar ne devrait pas tenir les premiers rôles ? Avec sa nature, son physique, son talent !...Mais on le redoute à la Comédie... On a peur de le voir s'élever... Et on l'étouffe... Je lui dis, moi, qu'il devrait donner sa démission de pensionnaire... Au boulevard, il gagnerait tout ce qu'il voudrait. Stane est aussi de mon avis... N'est-ce pas, Stane ?

Ce dernier répondit d'un simple battement de paupières, il n'avait même pas la force d'ouvrir la bouche. Affalé sur son fauteuil, les yeux vagues, dans les profondeurs caverneuses, cavelées de bistre, il était si pâle que Renée et Irma s'en émurent.

— Qu'est-ce qu'il a ? demandèrent-elles en baissant la voix.

— Oh ! il ne va pas du tout... Depuis huit jours, il ne mange plus... Il ne se soutient qu'à force de piqûres... Il ne dort pas, non plus... Il a des battements de cœur terribles... des étouffements affreux...

— Et le médecin ? Qu'est-ce qu'il dit ?

— Il lui a donné le conseil de mettre en ordre ses affaires.

— Brrr ! Brrr !

Les deux femmes serrèrent les épaules, comme si elles sentaient passer le froid de la Mort. Elles détournèrent les yeux de Stane.

Voilà où conduisait l'abus de la morphine et des autres drogues. Eh bien, ma chère, elles n'étaient pas sur le point de prendre un amant pareil !

Et elles se pelotonnèrent contre La Forgerie auquel Saint-Alvar continuait d'expliquer qu'il en avait assez de la sale boîte où il jouait et que, très prochainement, plus tôt qu'on ne le croyait, il s'en irait, en faisant claquer les portes.

Mais Frissonnette montrait Carlo de Berganarès qui s'installait dans un fauteuil :

— Mᵐᵉ Lutzys ne doit pas être loin, dit le baron.

— Certainement... D'autant plus qu'elle ne vient pas seulement pour entendre la petite Blinchard... Il y a aussi Lutzys qui chante avec Miss Rulleyrs... Nous allons la voir... Son fauteuil est à côté du mien.

Tout à coup, elle se haussa sur la pointe des pieds, et avec son éventail, elle fit signe : « Par ici ! » à Germaine qui, suivie de Davrac, cherchait sa place.

Les deux femmes se congratulèrent avec des mines charmantes. Des gens les regardaient et chuchotaient leurs noms. Aussi devaient-elles faire en sorte qu'on eût d'elles une opinion flatteuse. Frissonnette, surtout, s'appliquait à jouer à la mondaine ; et avec ses façons de donner la main, de demander à Germaine de ses nouvelles, elle avait l'air d'une maîtresse de maison accueillant une amie dans son salon.

Saint-Alvar, qui suivait ses gestes et ses paroles, avait un sourire de satisfaction. C'était très bien ce qu'elle faisait. Elle répétait avec aisance tout ce qu'il lui avait indiqué. Elle n'atteignait pas encore à la perfection. Mais que de progrès réalisés en peu de temps ! Quelle transformation, déjà ! Seules, les femmes pouvaient accomplir de tels prodiges.

La Forgerie demandait à Davrac ce qu'il y avait de nouveau dans les théâtres.

— Pas grand'chose... sinon que nous allons avoir probablement un peu de chahut, tout à l'heure.

— Où ça ?

— Ici, parbleu !

Les paroles du journaliste éveillèrent la curiosité de tout le monde. Du chahut ? Et pourquoi ? A cause de la musique de La Bourryère ?

— Oui... Il a beau avoir mis sur le programme son pseudonyme de Fernand Martial... Tout le monde sait à quoi s'en tenir sur son incognito... Et les intransigeants de chez Colonne et de chez Lamoureux, les apôtres de la vraie musique, les adversaires acharnés de l'Amateurisme, se sont certainement donné rendez-vous pour se livrer à une manifestation sérieuse...

— Chic ! Si on s'endort, ça nous réveillera, firent Irma et Renée.

Le baron partagea leur joie. Il trouvait qu'on était toujours trop doux et trop poli dans les théâtres. Le public acceptait, sans regimber, les choses les plus ennuyeuses. Il était, lui, pour les coups de sifflet, le potin, le vacarme, les engueulades aux artistes et aux auteurs. On vibrait ainsi, on s'amusait ; et à l'idée que, bientôt, il pourrait crier, imiter le hurlement du chien dont on écrase la patte ou lancer des cocoricos de coq claironnant au soleil nouveau, il regretta moins d'avoir abandonné le champ de courses.

Cependant, Davrac ajoutait :

— Je ne sais pourquoi, mais il me semble que la manifestation ne sera pas seulement dirigée contre La Bourryère.

— Contre qui encore?

— Je l'ignore... Mais, avant d'entrer, sur le trottoir, j'ai vu des gens qui ne ressemblaient en rien aux mélomanes féroces dont je viens de parler... Ils avaient l'air d'Apaches embrigadés pour une besogne louche... Ils disaient qu'ils allaient rejoindre des copains déjà entrés dans la salle... Et l'un d'eux a montré à un autre un sifflet à roulette, en lui demandant : « Est-ce que le patron t'en a donné un aussi beau? »

— Ils veulent siffler le comte... et c'est tout.

Dravrac hocha la tête :

— Non... Il doit y avoir autre chose.

Il savait assez comment les manifestations se produisaient aux concerts pour pouvoir parler ainsi. Les manifestants étaient presque toujours les mêmes, la plupart étaient connus.

— Tandis que les gens que j'ai vus ressemblent à des camelots ou à ces hommes de la Villette qu'on embauche dans les périodes électorales.

— Alors, ils seraient venus pour siffler un artiste?

— Peut-être.

La Forgerie demanda à Germaine, avec un gros rire :

— Est-ce vous qui faites siffler votre mari? Elle répondit, en riant, elle aussi :

— Ah ! j'ai bien autre chose à faire !... Et puis, ça ne serait pas très fort de ma part... Il aurait trop beau jeu pour me rendre la pareille.

— Ne cherchons pas, dit philosophiquement Davrac. Nous verrons bien quand le moment sera venu.

Au foyer des artistes, Marie Blinchard venait d'arriver, accompagnée de son père... Le brave homme était radieux. Tout le monde lui avait vanté la voix de sa fille. Il allait donc enfin assister à son triomphe !

Une seule tristesse au milieu de cette joie : Sa femme n'avait pas désarmé. On l'avait prévenue du prochain succès de Marie ; elle-même avait assisté, aux Concerts d'Essai, aux répétitions. Elle eût donc pu, après les preuves indéniables du talent de sa fille, avouer qu'elle s'était trompée et applaudir aux débuts de Marie. Il en était allé tout autrement. A son avis, personne n'y connaissait rien, pas plus M. de La Bourryère que M. Harmelin, ce dernier surtout, dont on prenait la complaisance et la galanterie pour des éloges. Il était facile de chanter chez soi ou devant une salle vide. Mais devant le public ! C'était là qu'elle attendait Marie C'était là qu'on la jugerait. Tout ce qui se serait passé auparavant ne signifiait rien. Et à chaque jour qui se rapprochait des débuts de sa fille, sa mauvaise humeur augmentait, ses regards se faisaient plus méchants, le sourire dédaigneux des lèvres pincées se changeait en rictus.

— Dire qu'elle est maintenant dans la salle

La mort de Marie Blinchard.

au lieu d'être ici avec nous ! fit M. Blinchard. Dire qu'elle n'a même pas voulu se placer à côté de moi !... Ah ! la malheureuse !

Mais pourquoi s'appesantir davantage sur un tel sujet qui ne pouvait qu'attrister sa fille ? Il n'y avait qu'à laisser sa femme de côté. Marie et lui s'entendaient très bien. Ils étaient heureux. Dans deux heures, ils le seraient bien davantage, quand il sortirait, ayant au bras son enfant qu'on viendrait d'acclamer.

— Et pour ne pas avoir le visage dépité de ta mère devant nous, nous irons dîner au restaurant.

Harmelin passait. Il l'appela pour l'inviter.

Mais le chef d'orchestre se récusa. Il dînait, ce soir, comme tous les dimanches, en famille.

— Ce sera pour un autre jour, alors, dit Blinchard bon enfant... Car je tiens à trinquer avec vous, au succès de Marie... C'est vous qui l'avez conduite où elle est.

Harmelin coupa court aux expansions de M. Blinchard. Il avait son orchestre à diriger, il attendait des artistes qui n'arrivaient pas. Le temps lui manquait pour écouter des discours. Et il se mit à voltiger, le sourcil froncé, la mine anxieuse.

A peine avait-il salué Marie ; et si M. Blinchard n'avait pas été tout à sa joie, il eût remarqué qu'en l'apercevant, le chef d'orchestre avait rougi et qu'en lui donnant la main, il tremblait légèrement.

Mais il ne voyait que sa fille. Pour la centième fois, il lui demanda :

— Tu n'as pas froid ? Tu n'as pas mal à la gorge ? Tu n'as pas le trac ?

Elle répondait invariablement :

— Non... père... non. Ne t'inquiète pas... Je suis très bien.

— Cependant, tes mains sont bien chaudes.

— Parce qu'il fait chaud dans la pièce.

Et sa douce physionomie restait calme, avec des yeux qui souriaient à son père, reflétant une tendresse et une affection passionnées.

Mais des accords d'instruments parvinrent jusqu'à eux.

— On commence... Va dans la salle, père... Tu reviendras me voir tout à l'heure.

Dès qu'elle fut seule, son masque de sérénité tomba, tout d'un coup. Elle se demanda par quel tour de force elle pouvait, depuis la veille, le reprendre, chaque fois qu'elle se trouvait en face de son père. Elle savait enfin pourquoi sa mère la détestait tant.

Mme Blinchard avait tenu à assister aux répétitions. A ceci rien d'étonnant, puisque sa fille chantait et que Harmelin n'était pas un simple professeur, mais un ami. Cependant, plusieurs fois, la jeune fille avait été surprise du ton familier avec lequel sa mère parlait au chef d'orchestre. Jamais, à la maison, elle et lui n'usaient d'autant de liberté.

De plus, Harmelin, qui était si aimable avec Marie, devenait soudainement froid, presque cassant, dès que sa mère apparaissait. Et elle n'eût jamais compris ces façons d'agir, si le hasard ne s'était chargé de lui en dévoiler la raison.

Hier, quand tout le monde était parti, et qu'elle-même avait fait une centaine de pas dans la rue, elle s'était aperçue qu'elle avait oublié une partition dans le foyer où elle se trouvait actuellement.

Elle était revenue aux Concerts, avait traversé des corridors vides ; et comme elle entrait dans le foyer où elle comptait ne rencontrer personne, elle avait vu Harmelin, ayant sur les genoux et embrassant qui ?... Sa mère.

Ils s'étaient levés, brusquement, lui sans savoir ce qu'il faisait, avouant la faute, elle, farouche, avec un cri de haine. Ah ! ce regard terrible qu'elle lui avait lancé ! Jamais Marie ne l'oublierait.

La jeune fille s'était alors enfuie ; et pendant une heure, elle avait erré au hasard dans les rues. Tout s'expliquait : sa mère était la maîtresse d'Harmelin, et depuis longtemps ! Et par une foule de détails dont l'importance lui avait échappé et qui se précisaient maintenant, elle pouvait presque fixer la date où sa liaison avait commencé. Et c'était pourquoi sa mère, qui craignait en elle une rivale, l'avait toujours affublée de robes courtes ; c'était pourquoi aussi, le jour où M. Blinchard avait commis l'imprudence de dire qu'on pouvait marier Harmelin et Marie, elle avait répondu : « Jamais ! » et s'était livrée à une esclandre irréparable.

Ne rien cacher, raconter l'entière vérité à son père, ç'avait été sa première pensée. Puis, elle avait entrevu l'abîme : son père affolé, sa mère chassée ; et elle restant là, entre eux deux, la veille de ses débuts.

Oh ! ce n'était pas qu'elle envisageât des perspectives de gloire. Son avenir ? Elle n'y croyait pas. Pareille à un oiseau dont les ailes auraient été toujours fermées, elle avait essayé quelques vols, soutenue par des gens qui s'intéressaient bien plus à eux qu'à elle. Mais elle gardait une invincible défiance contre ses propres efforts. Elle n'était pas de celles qui devaient planer dans les firmaments ensoleillés.

Elle allait, lasse, à travers la vie.

Mais elle avait un amour au cœur, celui du père, bon, tendre, si bon et si tendre, qui l'avait affranchie d'un despotisme odieux.

Et elle irait lui apprendre ce qu'elle savait ? Lui gâter son plaisir, quand il était si content de la voir débuter ?

Qu'elle chantât d'abord, qu'elle eût du succès. Ensuite, on verrait.

Peu à peu, elle ouvrirait les yeux paternels. Elle lui ferait pressentir la vérité. Mais de façon à ce que M. Blinchard ne se livrât pas à des violences et que le scandale qu'il aurait fait, prévenu trop vite, se changeât en un sentiment de libération douce.

« Mon enfant, ta mère et Harmelin sont des misérables... Mais nous vivrons tous les deux désormais... »

Elle l'entendait dire ces paroles, et elle voyait déjà l'intérieur nouveau dans lequel ils vivraient. Son père aurait de la barbe et des cheveux blancs. Elle, elle resterait vieille fille; car, après la désillusion qu'elle avait eue avec M. Harmelin, c'en était fini pour elle d'aimer! Elle serait la fille très tendre, doublée de la maîtresse de maison intelligente.

Et ce serait infiniment doux et infiniment bon.

Mais, pour cela, il fallait qu'elle obtînt le triomphe qu'on lui avait prédit. Elle ne devait pas se laisser aller au découragement et aux pensées qui l'abattraient. Elle devait faire appel aux sources d'énergie qui étaient en elle, se redresser et affronter crânement la bataille.

Et redevenue sereine, gardant un éternel sourire pour tous ceux qui lui parlaient, *elle resta charmante* jusqu'au moment où on vint lui dire: « C'est à vous. »

XVI

COUPS DE SIFFLETS

Marie monta des marches, vit des choristes, des musiciens, s'avança jusqu'à un piano où, à la place occupée par La Bourryère pendant les répétitions, était un accompagnateur exercé; elle déplia lentement un rouleau de musique, jeta un coup d'œil dans la salle, qui lui sembla lointaine et brumeuse, emplie de têtes qui, coupées au ras du col, étaient pareilles à celles des jeux de massacres.

Un bruit de baguette frappant sur un pupitre la fit se détourner vers Harmelin.

— Attention! dit-il avec un ton de commandement.

Elle salua machinalement.

Elle avait eu une minute effroyable d'émotion. Puis soudain, toute son énergie lui était revenue. Elle avait craint de reconnaître des gens, qui la contempleraient avec les airs de moquerie, de voir sa mère, dont le regard haineux l'aurait glacée. Rien, elle ne distinguait rien... Un rideau de brume continuait de noyer la salle. Et elle se sentit très forte. Elle ne chanterait pas pour le public, mais pour elle-même.

— Attention! répétait Harmelin.

L'orchestre attaqua, dans un mouvement berceur qu'elle connaissait bien.

Elle perçut le regard d'Harmelin qui signifiait:

— Allez!

Elle chanta.

Et elle fut ravie. Sa voix était pure, sa diction parfaite.

Mais, tout à coup, elle se demanda ce qui se passait. Couvrant l'orchestre et le piano, des murmures montaient jusqu'à elle, un vague grondement dont elle ne s'expliquait pas la raison. Elle crut que des spectateurs parlaient trop haut dans la salle.

Elle donna plus de voix.

Un coup de sifflet retentit.

Elle tressaillit, comme si une balle l'avait frappée en plein cœur.

Ce coup de sifflet s'adressait-il à elle? Elle ne voulait pas le croire. Mais des bruits de voix lui parvenaient déjà.

— A la porte, les siffleurs!... Laissez-nous entendre.

Elle dut se rendre compte que le coup de sifflet la visait, appuyé par d'autres plus retentissants et plus énergiques.

Elle chantait toujours.

Une partie de la salle, la plus minime, l'acclamait. Les autres spectateurs restaient froids et indifférents. Les sifflets retentissaient toujours, accompagnés de cris et de vociférations.

— Assez! Assez!

Sur un signe d'Harmelin, l'orchestre s'était arrêté.

Un charivari se déchaînait, terrible, dans la salle. A présent, les spectateurs, manifestant en sens contraire, s'envoyaient les pires injures, se colletaient, tandis que les coups de sifflet retentissaient, de plus en plus aigus et impitoyables.

— Assez de Blinchard! Autre chose! On n'est pas venu ici pour écouter des muettes!

Marie entendait, elle voyait ce spectacle, elle n'avait plus la force de s'en aller.

Alors, sur un signe d'Harmelin, l'accompagnateur se levait et l'entraînait jusqu'au foyer.

Dans la salle, la bacchanale continuait. Germaine et Frissonnette, indignées, réclamaient à grands cris la chanteuse, renforcées par Saint-Alvar, La Forgerie et ses deux amies. D'autres faisaient chorus. Mais, déjà, l'orchestre attaquait le duo qui devait être chanté par Lutzys et miss Rulleyrs.

A leur apparition, le public se calma. Il allait entendre des gloires. Marie Blinchard, qu'était-ce? Une débutante, qui n'avait pas réussi? On la reverrait une autre fois, et peut-être aurait-elle plus de chance. Et, comme Lutzys se mettait à chanter, le public écouta.

Au foyer, Marie se défendait contre les gens qui s'apitoyaient, voulaient la réconforter par de vaines paroles, tandis que d'autres tenaient à toute force, à lui faire respirer des sels ou lui verser des verres d'eau.

— Je n'ai besoin de rien, je vous assure.

Aucune larme, aucune pâleur... Ses pommettes se teintaient de rose vif. Elle riait même, d'un rire que ceux qui ne savaient pas ce qui se passait en son âme pouvaient prendre pour un rire de jeune fille déçue, mais prête à recommencer.

— Ce n'est pas vous qu'on a sifflée, mais la musique du comte.

— Ne vous frappez pas... On se demande pourquoi il y a eu cette cabale... Car il y a eu une cabale.

— On a payé des gens.

— Quelles canailles!

— Vous chantez admirablement... Et si la prochaine fois, au lieu de prendre du moderne, vous vous attaquez au classique !...

— Car mademoiselle a une voix de soprano...

— De contralto, monsieur, c'est un véritable contralto...

Elle entendait toutes ces réflexions, dans un brouhaha, remerciant les uns et les autres, avec de vagues paroles, et souriant toujours.

Mais, peu à peu, son sourire s'éteignait. Pourquoi son père n'était-il pas auprès d'elle? Comment se faisait-il qu'il ne fût pas encore accouru?

Avait-il pris à partie un des siffleurs? N'en était-il pas résulté pour lui quelque chose de fâcheux?

Un quart d'heure s'écoula ; et à chaque minute, son angoisse augmentait.

— Oh ! père !

Il arrivait enfin.

Elle se jeta à son cou.

Ils s'embrassèrent, désespérément.

Quand ils se furent désenlacés, ils se regardèrent.

Ils ne pleuraient pas. Leurs yeux creux et fixes, les plis marqués au coin des lèvres, les narines pincées, l'effroyable pâleur de leurs visages, disaient seulement tout ce qu'ils souffraient.

— Ma fille !

— Père !

Ils se réembrassèrent.

Les sanglots qu'ils refoulaient montaient jusqu'à leurs gorges, avec des glouglous de bouteilles. Ils n'arrivaient pas à s'arracher des bras l'un de l'autre.

Devant cette scène de famille, les gens qui s'étaient employés à consoler Marie s'esquivèrent. Ils n'allaient pas donner de nouvelles consolations. Leur dose de pitié était épuisée.

L'enfant et le père se virent seuls.

Alors Blinchard s'écria :

— Sais-tu qui t'a fait siffler?

— Ne le dis pas.

— Est-ce que tu aurais déjà deviné? ..

Elle se reprit, feignit l'ignorance :

— Non... non...

— C'est ta mère !

— Comment l'as-tu appris?

— Par un des siffleurs qui était à côté de moi... Je l'ai emmené au poste... Le commissaire a fait venir le chef de bande qui l'avait recruté, lui et ses autres acolytes... Et, au nom qu'il a donné, je n'ai plus eu qu'à m'incliner... C'est ta mère, mon enfant... ta mère, comprends-tu? Mais pourquoi? pourquoi?

A bout de forces, vaincu par la douleur, il se tut, et il se mit à sangloter.

Le concert était terminé. La foule s'écoulait en flots pressés, dans des clameurs de camelots appelant des voitures et de coups de trompes d'autos venant se ranger devant le vestibule.

Marie attendait, sur le trottoir, son père qui était allé chercher un taxi.

Elle ne voyait plus, elle n'entendait plus rien. Elle était folle.

Sa mère avait été jusque-là ! Elle l'avait fait siffler !

Oh ! pourquoi n'avait-elle pas tout dit à son père? Pourquoi n'avait-elle pas raconté la scène de la veille?

Lui, qui ne comprenait pas les raisons de cette haine féroce, il eût tout saisi enfin. Et c'était la rupture définitive entre ses parents, et son retour près du père, avec lequel elle vivrait tranquillement, ainsi qu'elle l'avait rêvé.

Oui ; mais aussi quel coup lui aurait-elle porté ! Il croyait sa femme capable de tout, sauf d'une telle trahison. Et avec qui? Avec un garçon qu'il regardait comme un ami, presque un fils.

Violent comme il l'était, si elle disait tout maintenant, que ferait-il? Il n'aimait plus assez sa femme pour aller jusqu'à tirer des coups de revolver, mais il se livrerait à quelque scandale.

Et elle, Marie, que retirerait-elle de tout cela? Le divorce n'empêcherait pas sa mère de la poursuivre de sa haine farouche et féroce. Elle continuerait de lui nuire, de la faire siffler ; elle mettrait tout en œuvre pour la vaincre et l'abattre.

C'était la fin... La jeune fille ne se sentait pas la force nécessaire pour lutter. Même avec l'aide de son père, elle serait vaincue. Elle était trop faible, trop candide pour vivre dans un monde où, malgré soi, elle avait commencé de pénétrer.

Et le mot qu'elle avait si souvent dit, quand sa mère l'humiliait, l'envoyait dans sa chambre, avec des taloches, le mot : « Mourir ! Mourir ! » lui revint, comme un refrain tyrannique et obsédant.

Oh ! Mourir ! Oui, mourir !

Des gens la bousculaient, lui donnaient des coups de coude, elle restait en place, insensible à tous les heurts. « Mourir ! Mourir ! » Les syllabes dansaient dans sa cervelle, chantantes et gaies. En répondant à leur appel, elle échapperait à toutes les vilenies, toutes les méchancetés, toutes les abominations de la vie. Sa meilleure existence, elle la trouverait peut-être dans l'au-delà.

Un coup de trompe, une auto qui démarre en pleine vitesse, deux phares qui brillent comme de gros yeux de géants qui veulent tout dévorer.

Marie s'élance.

Des cris, un « Nom de Dieu ! » de détresse lancé par un garçon de banque qui passe et reste médusé, sur le trottoir ; un arrêt brusque de l'auto, freinée par un wattman affolé, puis des gens qui courent, se précipitent, s'entassent autour de la voiture.

La portière de l'auto s'ouvre.

Frissonnette descend, se penche, revient jusqu'à la portière, en hurlant :

— Stane... *Stane !.. C'est Marie Blinchard qui est écrasée... Viens... viens... On dirait qu'elle est morte.*

Mais Stane ne répond pas. Il a vu la jeune fille se précipiter sous les pneus de la voiture. Et le buste sur la banquette, la tête calée contre une vitre, il ne bouge pas, évanoui...

XVII

LE TRIOMPHE DES MAQUILLÉS

De mémoire de croque-morts, jamais le cimetière Montmartre n'avait été aussi gai. Avril fleurissait les branches et les tombes. Des oiseaux pépiaient dans les arbres. Un soleil rieur folâtrait avec des nuages blancs, dans un ciel bleu léger.

— C'est par un temps pareil que j'aimerais quitter la planète, dit Davrac, qui, avec Starckel, suivait, dans le train-train moutonnier de la foule, le convoi de Marie Blinchard.

Mais Starckel avait la peur de la Mort. Il n'était venu aux obsèques que parce qu'il habitait la Caserne. Si proche voisin de M. Blinchard, il ne pouvait se dérober. Son absence eût été trop commentée. Seulement, cette dernière corvée lui avait fait prendre une décision suprême. Ce matin, après avoir payé les années à échoir, il avait résilié son bail avec la Caserne.

— Ne parlez donc pas de la mort, fit-il. Ça m'agace.

— Bah ! répliqua le journaliste, avec bonhomie ; j'ai abordé ce sujet parce qu'il est de circonstance et qu'il n'est pas de ceux qui m'effraient... Si vous aviez enterré autant de gens que moi !

— Vous avez donc fait la guerre ?

— Jamais... Seulement, en quinze années de journalisme, j'ai bâclé bien des articles nécrologiques... Et si vous saviez comme ça m'a aguerri... ! Voici un auteur ou un artiste dont les réputations sont mondiales... L'un ou l'autre casse sa pipe... Pour les leurs, c'est un désastre... Pour l'art dramatique, c'est une éclipse... Et le public, les admirateurs, se lamentent... Moi, ou mes confrères, nous arrivons au journal. Nous savons la nouvelle ou nous l'apprenons. Il faut rédiger l'article. Si le défunt est un ami, on l'écrit, mal d'ailleurs, car on est ému. Si (et c'est le cas le plus fréquent) celui qui s'en va vous est indifférent ou vous a fait des rosseries, on rédige le papier tout de même, mais on l'écrit mieux... parce qu'on n'a pas de douleur.

— Tout cela ne me dit pas pourquoi il vous serait égal d'aller faire un tour dans l'autre monde ?

— Eh ! mon cher, voir disparaître tant de gloires vous avertit de la vanité de la vie... Ceux-là, quand ils existaient, donnaient des pièces ou jouaient des rôles avec des succès si vifs et si retentissants qu'ils s'imaginaient que lorsqu'ils seraient disparus, le Monde s'arrêterait, que leurs noms resteraient impérissables... Eh bien ! quand les lignes que je leur ai consacrées sont parues, quand, à la feuille où elles étaient imprimées, a succédé celle du lendemain, déjà leurs noms sont oubliés... Qu'un beau crime se produise... Le nom de l'assassin restera souvent plus vivant dans la mémoire de la foule que les noms de ceux, même parmi les plus illustres, que j'ai enterrés... Et voilà !... La vie n'est qu'une plaisanterie... Et je me moque autant d'elle que de la Camarde.

Starckel procéda à l'opération délicate de l'assujettissement de son lorgnon sur son nez, toussa et répondit simplement :

— Davrac, vous me barbez.

— C'est ce que je pensais... Car, à émettre des réflexions aussi profondes, je me barbais moi-même.

Il désigna Saint-Alvar qui marchait devant eux, solennel et digne, avec une gravité que commandaient les circonstances.

— En voici un qui, ce matin, ne s'ennuie pas. Vous avez lu sa lettre dans les journaux ?

— Oui... Il annonce qu'il donne sa démission de pensionnaire de la Comédie-Française... Vous dites qu'il n'est pas ennuyé... Je pensais le contraire... Pourquoi est-il content ?

Un arrêt se produisit. Le corbillard s'était arrêté devant un monument en forme de chapelle, le caveau de la famille Blinchard.

— Je vous conterai cela tout à l'heure, fit le journaliste.

Un demi-cercle se formait devant le caveau. Les hommes se découvrirent, des sanglots de femmes retentirent.

Soutenu par deux amis, Blinchard, le visage gonflé par les larmes, les yeux hébétés, la bouche tordue, regardait le cercueil que les croquemorts enlevaient du corbillard. Et le spectacle de cet homme terrassé par la douleur était si poignant que Davrac, malgré son endurance et son scepticisme, frissonna.

Il détourna son regard ; et il vit Frissonnette et Germaine Lutzys, qui, à côté l'une de l'autre, portaient alternativement leurs mouchoirs à leurs yeux. La première, dans une robe noire, la seconde, dans un costume violet, toutes deux coiffées de chapeaux dont les nuances et les garnitures concordaient avec celles de leurs toilettes, elles ressemblaient, par leurs airs éplorés et leurs airs penchés, à deux Anges de la Douleur. Près d'elles, se tenaient Renée et Irma, avec La Forgerie qui s'était demandé pourquoi ses deux amies avaient tenu à assister à l'enterrement de Marie Blinchard, puisqu'elles ne la connaissaient pas. « Ce sera un enterrement très chic et très parisien, avaient-elles répondu. Il faut y être. » Il s'était tu. Qu'aurait-il pu opposer à des arguments aussi décisifs ?

Les petites ne disaient-elles pas d'ailleurs la vérité ? Le suicide de Marie Blinchard avait provoqué dans toute la presse des articles sensationnels. Une émotion considérable avait agité même le grand public. A l'église, devant le portail, une foule de badauds étaient venus, attirés par la curiosité, pour voir les célébrités théâtrales, comme ils se seraient rendus à un spectacle ; et le nom de Marie Blinchard avait volé de bouche en bouche. Vivante, elle n'eût peut-être jamais connu un tel instant de célébrité.

La cérémonie était terminée. Après la descente de la bière, les derniers chants des prêtres, l'explosion de désespoir de Blinchard qui avait voulu se jeter dans le caveau et qu'on avait dû emporter, la foule se dispersait, regagnait, dans le bruit sec du gravier craquant sous les pas, la sortie du cimetière.

— Pauvre gosse ! fit Davrac. Quand on pense qu'elle s'est tuée parce qu'on l'a sifflée... !

Starckel ne répondit rien. Par sa fréquentation assidue des Concerts d'Essai, ses rencontres nombreuses avec Harmelin et Mme Blinchard, il était le seul à avoir entrevu la vérité que le mari n'avait pas devinée. Car, si le soir même du drame, celui-ci avait mis sa femme à la porte, il l'avait fait seulement parce qu'il la rendait responsable de l'échec de Marie. Il ignorait et il ignorerait toujours, maintenant, la véritable raison qui avait poussé sa femme à agir comme elle l'avait fait.

Starckel pensa qu'il était inutile de conter au journaliste ce qu'il savait. Il se contenta de répéter :

— Oui, pauvre gosse ! En voilà une qui n'était pas, selon votre expression, une Maquillée !... C'était pur, sain, honnête, comme une ingénue de mélo... Elle était incapable de dissimulation, de mensonge, de fourberie... Elle ne croyait même pas qu'elle avait du talent...

— Et elle voulait faire du théâtre !

— L'a-t-elle voulu ? On l'a poussée à cela... Et elle a consenti pour ne pas faire de chagrin à son père... Il y a, à l'heure actuelle, maintes jeunes filles que leurs parents encouragent à se dévoyer ainsi... C'est la Bourgeoisie qui forme maintenant les courtisanes du théâtre !...

— Peut-être ! fit Davrac... Oui, la Bourgeoisie donne éperdument... Car elle voit moins pour ses enfants la gloire que les profits matériels... Mais, — c'est coco, ce que je vais dire... hélas ! on est toujours coco, quand on énonce une vérité, il y aura toujours deux espèces de femmes : les unes, sincères et franches, les autres, tourmentées du besoin de mentir et de se singulariser. Quand les premières veulent imiter les secondes, elles sont, d'avance, flambées !

Il désigna Frissonnette et Germaine qui se dirigeaient vers eux, venant par une allée latérale :

— Regardez ces deux numéros. Comme elles sont bien ! Les voici, les vraies Maquillées, celles que l'instinct a poussées à l'être... Elles ont, chacune, le costume d'enterrement... L'une, en noir, l'autre, en violet... Je parierais qu'elles les ont commandées chez le même couturier et qu'elles se sont entendues pour les nuances, de façon à ce que l'une ne fît pas tort à l'autre... Et ces mines tristes, si bien composées ! Et cette démarche où l'on sent la fatigue qui suit les grandes émotions !

— On les croirait en scène.

— Et les yeux ? Regardez les yeux... Tout à l'heure, elles portaient leurs mouchoirs à leurs paupières...

— Mais elles n'ont pas pleuré.

— Et le Maquillage ? Elles n'allaient pas détruire leur maquillage ?

Davrac eut un petit rire sec. Les prunelles de Starckel flambèrent de courtes flammes ironiques.

Ils n'allaient pas s'indigner. Pourquoi des tirades et des cris contre des fantoches ?

Il fallait accepter ce qu'ils venaient de voir aussi placidement qu'on avait accueilli partout la nouvelle des amours de Carlo et de Germaine et celle de la liaison de Lutzys avec l'Américaine. Un instant, les pronostiqueurs de divorce avaient bien élevé la voix, parce qu'ils avaient été déçus dans leurs prévisions. Mais, à présent ce quadrille à quatre ne suscitait aucun émoi. Exécuté par des vedettes brillantes, on le regardait comme normal, et on ne lui en voulait pas puisqu'il fournissait de nouveaux sujets de conversation.

Derrière Frissonnette et Germaine, venait Saint-Alvar, qui se redressait portant haut la tête, discourant avec de grands gestes, escorté de gens qui l'écoutaient, très intéressés.

— Au fait, reprit Starckel, en poussant Davrac du coude, vous m'aviez dit que vous me raconteriez pourquoi Saint-Alvar n'était pas ennuyé d'avoir donné sa démission ?

— Vous n'avez pas encore compris ? fit le journaliste.

— Parce qu'il est l'amant de Frissonnette et que, avec les leçons qu'il lui donne, il est certain de pouvoir vivre ?

— Il y a mieux... Demain, ce soir, à cause de l'émotion qu'il a ressentie avant-hier, Stane Laverrière sera mort... L'émotion qu'il a ressentie en voyant écraser la petite Blinchard l'a achevé.

— Encore une tournée au cimetière ?... Oh ! cette fois, non, je ne me l'offrirai pas.

— Taisez-vous... et écoutez... Je tiens ces détails de Maxime Barthy auquel Frissonnette s'est confiée... Vous savez qu'ils ont batifolé ensemble ?... Comme ils sont restés très bons amis, elle lui a donc raconté à Maxime que Stane Laverrière, étant sans famille, l'avait instituée sa légataire universelle.

— Elle a vu le testament ?

— Il l'a dicté, il y a huit jours, devant elle. Starckel, qui s'était arrêté pour allumer une cigarette, laissa tomber son allumette :

— Bigre !... Laverrière laisse une fortune énorme.

— Parfaitement, mon ambassadeur... Aussi, Frissonnette, qui est, au fond, une bonne nature, a-t-elle promis de subvenir aux besoins d'une femme qu'elle a recueillie, une chanteuse qui s'appelle Solange et qui, maintenant, lui sert de dame de compagnie.

— Et Mme Pompignac ?

— Elle était compromettante... Sa fille la dote et lui fait épouser un sergent de ville.

— Adorable ! Mais revenons à Saint-Alvar...

— Oh ! celui-ci, mon cher, il a fait un coup de maître en donnant sa démission... Vous savez que Frissonnette est amoureuse de lui ?

— Il l'épate... Et quand un homme épate une femme !...

— Ce n'est plus de l'amour qu'elle a pour lui, c'est de la passion. Mais si Saint-Alvar est très poseur, il est très roublard aussi... Il se doute bien qu'au boulevard, il n'aura pas de plus grands succès qu'à la Comédie... Il y jouera cependant quelquefois... pas souvent... Mais il a été assez intelligent pour conseiller à Léo de ne pas quitter la carrière du chant... Il lui a fait miroiter les tournées à l'étranger... Comme il a un peu voyagé, il a indiqué les endroits...

— Et il deviendra l'impresario de Frissonnette ?

— Jusqu'au moment où il l'épousera...

— Et ce ne sera pas long !

— Puisqu'il y a une fortune à gérer.

— Il se conduit en homme du monde.

Ils avaient franchi la porte du cimetière. Ils allaient se séparer quand ils entendirent un appel.

C'était La Forgerie qui leur demandait de ne pas aller si vite. Il avait quelque chose à leur confier.

— Dites donc, fit-il. Vous êtes sans doute comme moi... Je suis réglé... Ce déboulé à travers les tombes, ah ! non ! Je ne suis pas fait pour ça... J'ai perdu, au moins, deux kilos de gaieté... J'ai invité Frissonnette, Mme Lutzys et Saint-Alvar à déjeuner. Venez-vous avec nous ? On a besoin de se remettre en selle... Plus le champ sera fourni, plus on s'entraînera.

Starckel et Davrac se consultèrent du regard. Après tout, pourquoi pas ? Cette promenade à travers le cimetière leur avait donné des idées noires. Ils avaient besoin de les chasser.

— Ça va ? fit le baron... Bon... Alors, on se retrouve

chez Bonhomme, avenue de Clichy... Au petit galop !...

Chez le marchand de vin-restaurateur, envahi de sportsmen qui se rendaient aux courses de Saint-Ouen, les femmes déclarèrent au début du repas qu'il leur serait impossible de manger. Leurs gorges étaient trop serrées. « Ça ne passerait jamais. »

Mais, peu à peu, les gorges se desserrèrent. Les grands vins et les bons plats eurent raison des émotions. Au dessert, les visages s'épanouirent, les langues marchèrent, les rires fusèrent. Elle était loin déjà la petite Marie Blinchard... Elle était très loin !... Avait-elle même existé ?

Quand la bande sortit du restaurant, des autos, des taxis, des chars-à-bancs roulaient, à toute allure, dans l'avenue. Des gens juchés sur des marche-pieds glapissaient :

— En route pour Saint-Ouen !... Cinquinte ! Saint-Ouen !... Saint-Ouen, cinquinte ! »

Des camelots se précipitaient pour fermer des portières. Des cochers juraient ; et mêlés aux pétarades des coups de fouets et des sonnailles de grelots, les trompes d'autos jetaient leurs notes graves ou aiguës au milieu de cette agitation incessante.

De même que les voitures, la Vie roulait, écrasant sous sa formidable puissance les petits chagrins ou les grands désespoirs particuliers.

A ce moment, une auto passa, dans laquelle se trouvaient d s jeunes gens, tenant en mains des étuis jaunes de jumelles de courses. Ils agitèrent leurs chapeaux :

— Vive Lutzys ! Vive Frissonnette ! Vive Irma et Renée ! Vive Saint-Alvar !

Et des gens, ayant entendu ces noms, les répétaient. Une acclamation s'éleva.

Les Maquillés saluèrent.

On venait de les reconnaître et de les applaudir.

Ils n'avaient pas perdu leur journée.

Et ils montèrent dans les voitures, en s'inclinant et en souriant. — comme au théâtre.

Ils triomphaient.

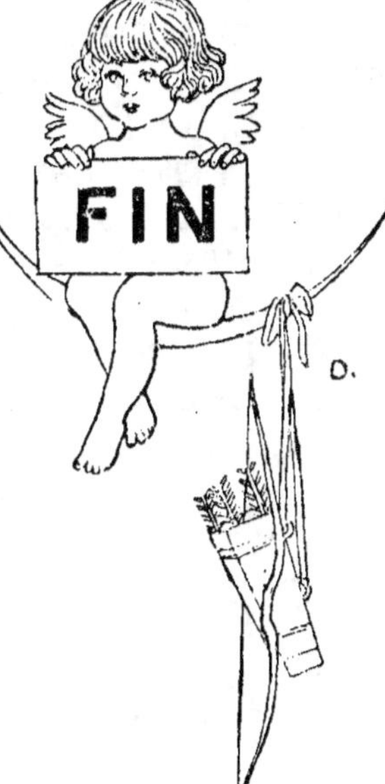

IMPRIMERIE CRÉTÉ
CORBEIL (S.-ET-O.)